精准提升

把时间花在让自己变好上

◎庆哥⊙作品◎

江苏凤凰文艺出版社
JIANGSU PHOENIX LITERATURE AND ART PUBLISHING LTD

目 录

Chapter 1

扩大你的影响圈，缩小关注圈

Chapter 2

把时间用在让自己变好上

Chapter 3

无趣不可怕，怕你无知

Chapter 4

你的态度，决定你的未来

Chapter 5

你应付生活，生活就会应付你

Chapter 1

扩大你的影响圈，缩小关注圈

扩大自己的“影响圈”，缩小“关注圈”

... 01

2017年6月高考成绩放榜的时候，一位北京文科高考状元很坦白地说：“农村地区的孩子越来越难考到好的大学了，现在的状元大多是家庭好、父母也厉害的。”这个新闻一经播出，便引起了网友的一片哗然，但很多人也不得不诚恳地点头称是：寒门难出贵子，贵门更易上位。这位状元就是个典型的贵门子弟，父母是外交官，从小被精心培养，周游列国，兴趣广泛，在丰富的教育资源下，考上好大学便是水到渠成的事。

我也认同好的父母是子女的贵人，有资源、有学识、有远见的父母，其子女更易出类拔萃，这是毋庸置疑的事实。阶层决定资源，父母决定你的起跑线。可是，这也并不代表那些不小心投胎成为寒门子女的人，就永远只配屈居人后。明知自己出身寒门，却心甘情愿低人一等，不力争上游，只会唉声叹气地抱怨父母，这种人才是真正的loser。

《高效能人士的七个习惯》里说，积极主动的人会专注于“影响圈”，弱化“关注圈”。“影响圈”指的是只要尽力就能改变的事，“关注圈”是指无论怎么努力都改变不了的事实。出身寒门，这是“关注圈”，改变不了，就只能接受，但余下的人生路是你的“影响圈”，拼尽全力，就有扭转乾坤的可能。

牛人都在默默地扩大自己的“影响圈”，而缩小“关注圈”。一方面他们会妥协于某些命中注定的事，但又会在可扼住命运咽喉处全力以赴。

... 02

近日重看米歇尔·奥巴马的传记《人生真相》，发现她就是那种明知寒门难出贵子，也要拼尽全力的女人。

身为黑奴后裔，她天生受到白人歧视，父母处于社会中下层，但她从没抱怨过。她接受自己的身世，但从不以此作为自己低人一等的理由。她从小就极度自律。据她哥哥回忆说，年轻时他每次打球回家都会看到米歇尔在学习：他在看电视，她在学习；他关掉电视去睡觉时，她还在学习。为了能在拥挤的公交车上看书，她会先坐车倒回几站，然后再上回家的车。这样就可以保证坐着看书，虽然多花了30分钟，但是争取了更多的学习时间。因为家里空间小、又吵闹，她会在早上4点半到5点之间起床，这样就有安静的时间学习、思考。这个早起的习惯，直到她成为美国第一夫人依然风雨不改。为了减轻父母的经济压力，放假时她会勤工俭学：做临时保姆、训练犬只、在装订厂上班。

纵使家庭条件比不上很多同学，但她从不懈怠。后来她考上美国名校——普林斯顿大学，这是她阶层上升的第一步。对于寒门子弟而言，教育是改变命运的唯一转机。毕业后，她打败了众多男性竞争者进入律师事务所，成为极少数的女性律师之一，薪水比她父母加起来还要多很多。这时她正式跃升为精英阶层。

在传记里，她说她遇到过无数挫折：身为一个黑人女孩，身边同学会告诉她“一个黑人女孩看书就是装白人”；老师会警告她“你不要有太高的期望，你的考试成绩太差了”；邻居也会善意地提醒她“成功注定不属于芝加哥南区的黑人女孩”。可她不认命，以顽强的斗志为自己代言，就算出身寒门，就算天生是黑种人，但全力以赴才能让别人闭嘴。是啊，谁能为你的人生定调呢？除了你自己。

很多人说，贫穷的人无论怎么努力都追不上那些家里有钱又努力的人。可是追不上又有什么关系，你生来又不是为了与人比较的。你通过努力，让现在的生活比以前优渥，让现在的自己比以前优秀，这就是了不起的。

人们经常说：一命二运三风水，四积阴德五读书，这五个要素决定了一个人的一生。但除了“一命二运”改变不了外，其他三个都是你的“影响圈”，可以由你自己去改写。就算寒门是你的命和运，但愿你仍能不被命运套牢，火力全开地与自己较量。

拼了命才尽兴，也许寒门难出贵子，但希望你是个例外。

你累，
因为你活在别人的时间表里

... 01

罗振宇在《时间的朋友》跨年演讲里说："成功的价值只有一种，就是按自己想要的方式过完一生。"一听，我立马感觉找到了组织。

其实我有句人生格言跟罗振宇的这句话有点儿像，说给大家听听："成功的价值只有一种，就是按自己的时间进度表过一生。"

这句话说易行难，皆因我们活在俗世里，半点儿不由人，从最近红遍大江南北的相亲节目就可以知道，多少女孩儿的未来被亲友死死地把控在手中。你明明才芳龄24岁，开开心心回家过个年却被母亲大人逼着加入相亲大队，母亲说她想在55岁前看着自己的女儿结婚才能心安，于是至仁至义至孝的你，不顾内心的想法欣然赴会。

很多文章会教人去做一些事，比如："女人25岁前一定要做的10件事！""30岁前不做这几件事后悔一生！"这些鸡汤文颐指气使地教导你该怎么过一生，好多人被集体洗脑，感觉某个阶段不做某件事就像倒了大霉似的。可从来没人质疑过，匆匆忙忙地赶别人为你安排的进度表，你开心吗？

... 02

上一年因办公室装修，公司安排我在家移动办公，开始时就像被金蛋砸中一样开心，就差没热泪盈眶。可是大概过了一个星期，我就濒临崩溃，虽然在家办公，但领导为了理性安排我的工作进度，要求我的办公时间要与她的同步。本来我以前的办公时间是早上9点到下午6点，在家办公后与娱乐圈的狗仔队没差别，要24小时蹲点，因为不知道领导在哪个点儿会突击。比如她会在我吃饭时毫无征兆地拨电话过来说，10分钟后准备电话会议；当我洗漱后准备上床睡觉时，她会发微信让我把方案发到她邮箱。因为没有规定的上下班时间，领导随时能找我，有次我正在蹲马桶，却被她要求赶紧与客户开个三方电话会议，那是我人生中第一次在厕所开会，相当"酸爽"。

她的时间表就是我的时间表，她有空就骚扰我，没空就不搭理我。最奇葩的一次是，午夜12点打我电话沟通工作。领导永远以她的时间表来布置任务，而我像个毫无时间观念的小狗跟在她后面。现在回想起来，那段日子我简直是活在焦虑中。

其实从这件事总结经验：你的时间表一旦被别人操控，估计你再也没办法自由支配自己的时间了，跟行尸走肉没什么差别。为什么说“生命诚可贵，爱情价更高，若为自由故，两者皆可抛”，因为能自由安排自己的人生，才能最大限度地感知身为人类的幸福。

... 03

鲁豫曾在节目里说，她从不按别人的时间表来生活，她有自己的时间表。这大概是她活得比一般人潇洒的原因吧。

但大多数人早已习惯了随波逐流，在某个阶段别人有的东西，而你没有，总会有点惶惶不可终日的感觉。于是我们会紧跟别人的时间表去安排人生大事，这样就好像为自己的人生买了一份高额保险。

像我朋友小朱，她毕业没多久就结婚了，生了小孩儿后就一直当家庭主妇，其实她一直很有事业心，而且她早就计划好等小孩3岁上幼儿园，就找工作上班。谁知前年政策开放，每个家庭可生二胎，她的几个闺蜜都加入二胎战团去了。而且鉴于婆婆和公公天天轰炸，她只能搁置自己的计划，继续当个生子机器，把二胎生完再考虑自己的梦想。上一年年底她终于迎来了第二胎，公公婆婆俱欢颜，唯独她焦躁不安，每天披头散发给小儿子喂奶，还要哄大儿子睡觉。而婆婆说身子受不了折腾，陪完月子就回老家了，老公却天天忙于工作，分担不了多少，只有她天天带着两个儿子，别提有多烦躁了。

其实她根本就还没做好生二胎的心理准备，在她的人生计划表里，继续上班是下个阶段的任务，可面对婆婆的要求，她忽视了自己内在的想法，假装热情地去迎合俗世标准。

前段时间看到她在朋友圈感慨“自己真没用，满满挫败感”。是啊！一个毫无主见，只会对别人唯命是从、不敢按自己人生计划表行事的人，怎么会有成功感?

… 04

这让我想到《就要一场绚丽突围：30岁后去留学》的作者范海涛。留学前范海涛是北京某知名媒体的财经记者，她的工作就是从一个高大上的新闻发布会跑到下一个高大上的新闻发布会，每次现场发问都能把对方逼问到节节败退。工作时间她可以跟同事聊着商业精英八卦，点评着上市公司的报表，享受着北京温暖的阳光，她的生活体面和自在，是很多人梦寐以求的。

可她偏偏选择在30岁孤身到哥伦比亚大学留学。她说短暂的成功感已掩盖不了涌上心头的空虚和迷茫，于是要出去看看这个世界。在哥伦比亚大学课堂上，她花了很多时间去学习语言以及适应美国的文化，像个婴儿似的在异国他乡重新学习，这对于30岁的她而言很不容易。

然而她肯用两年时间去探索那个未知的领域，与自己更高层次的灵魂相遇，让自己曾经一成不变的生活有了绚丽的色彩，勇于突破自己的心灵牢笼，这便是她的骄傲。回国后，她继续创业写书，过更为丰盛的生活。

可能很多人会说，都30岁了还折腾什么，安安稳稳工作然后结婚生子，回家洗手做羹汤不好吗?

可是范海涛并没有走一条大家认为这个年龄应该走的正确的路，就像她在书里写的："俗世的快乐和痛苦，遮蔽了深度追求的可能。"在人云亦云的俗世里，她没有隐藏内心的真实想法，她也没有听从那些所谓的"女人要在什么阶段就要做什么事"的大道理，她对于自己的人生从来都自有安排。别人在30岁时选择安稳，而她却在30岁突围而出，所以说按自己人生计划表行事的女人，才配得起更好的未来，她做到了，并活出了自己的精彩。

我一直认为那些敢于遵循自己的人生计划表，不急不躁做自己喜欢的事的人，才是真正的勇者，她们不会到处问别人："究竟女人25岁后要不要去相亲？""30岁后不生小孩会不会成高龄产妇？""40岁选择继续读书深造会不会太晚？"

张爱玲的姑姑张茂渊78岁才结婚，在那个时代应该会沦为笑柄吧，而她却敢于追随自己的真实感觉，从来不考虑他人的眼光，不听别人的闲言碎语，不慌不忙安稳有序地过自己的日子。既然结婚时机还没到，就随缘吧，对于婚姻她有自己的看法，而不是因为外界认为她是时候结婚了，就迎合大家的口味嫁一个自己不喜欢的男人。

我并不是要鼓吹大家做剩女，而是她从容勇敢的姿态实在令人敬佩，换作许多人，如果看见自己的闺蜜全都结婚了，父母狂轰滥炸时，就算亲戚朋友不催，自己也很惶恐吧。因为大家的时间表都是一样的呀，你落后了，仿佛就被这个世界遗弃了。

我们一直都愿意和别人过一样的生活，总是活在父母、同事、朋友的期待里，唯独失去了自我。我们害怕跟别人不一样，所以我们习惯按部就班，心想只要按着众人的时间表来安排自己的人生进度，就一定不会有风险。

可是偏偏我们却越活越糟心，就像我那生二胎的朋友一样，她明明想在职场里实现个人价值，却牺牲自己来完成全家人的心愿，明明有自己的想法，却甘心接受别人的绑架。

而你凡事力求跟别人的进度一样，才是你不幸的根源。有时候彪悍的人生就是要跟着自己的感觉走，敢于执行自己的人生时间表，才有勇气不在乎别人的期待和指责。

何以解忧？唯有开源

… 01

最近一个朋友终于赚够钱买房子了，广州寸土寸金，单靠自己的能力买房是很了不起的本事。朋友家境不算富裕，所在单位稳定有余，却收入不高，真诧异她怎么会这么有钱。后来才知道原来她下班后一直在做副业。

她是公司的PPT小能手，以前常为同事们培训PPT技巧，很受欢迎。某天她突然开窍，既然有这门手艺，为何不靠它赚点钱？于是她开了一个关于职场技能的公众号，除了分享PPT小知识外，也开始在一些PPT网站接活儿，私底下帮客户设计模版。为了提升PPT设计技巧，她开始研习高手经验，精读专业书籍，吸取花式设计风格及先进设计概念。技能越发精湛后，她还在网易课堂上开了几门PPT

课，说日进斗金一点也不夸张。

朋友一改“不务副业”的状态，将业余特长发展成事业，赚钱的同时还赚足了满满的成就感和安全感，生活品质也大幅度提升了。

何以解忧？唯有暴富；何以暴富？唯有开源。

... 02

亦舒是个下班后争分夺秒的赚钱高手。据她在专栏里说，在担任公职时，她会一边上班，一边在下班后为报社撰稿。为了掩人耳目，还曾用过大量笔名。她还笑称，因为写作风格独特，无论用哪个笔名都会被读者认出，还被多管闲事的同事告密，但这并不妨碍她一直坚持写稿的决心。她在走出校园后，从来没做少于两份的工作。如果下班后不兼职码字，一则生活费成问题，二则一日不写就惶惶不可终日，每天要写两页纸才安心。所以她才会说出“如果没有很多很多爱，我希望有很多很多钱”。在亦舒眼里，独立女性的第一要诀是经济独立。

所以对于女孩儿而言，背地里多掌握几项赚钱技能，会为自己的生活创造更多的乐趣，自己才能更有底气。

大学时我有位舍友，她除了功课好外，还是个打工狂人。即将毕业时，大家还是职场小白，她已算是半个职场人了。

当年我们毕业写简历，无非就是写自己参加过的社团活动、英语四六级分数、考过的证书等白开水内容。而她的简历亮点密布，段位更高，她的简历里写着参与过的实习项目、对办公软件的熟练程度、协助企业做过的成功案例等。

后来她成功进入了一家知名外企，而其他人还在等着运气的搭救。我大学舍友让我长了教训，工作后我也利用业余时间做过不少兼职。

做副业让我未来的路越来越清晰，额外的收入让我有了额外的快乐，额外的阅历让我有了额外的技能。

... 03

常有朋友留言说想多赚点钱改善生活，我们也真心希望他们更有钱、更快乐，下面是给大家的干货方法：

第一，想方设法地争取大公司的兼职工作。

我不建议浪费时间做劳动密集型兼职，大学时我卖过奶茶，做过餐厅服务员，虽然能赚点小钱，但对将来找工作没什么用。建议大家尽量找公司里的兼职，有职场人士的指导进步会更快。进公司的途径很多，比如：多浏览各大招聘网站，会有不少实习或兼职消息；加HR微信群，多参加培训课程沙龙，就有很多机会；添加相关职场公众号，里面有很多关于这方面的信息。

第二，打开脑洞，成为一个赚钱的手艺人。

我有个同学下班以后在家做DIY烘焙，以前微信接单，现在淘宝开店，人气与订单齐飞。

另一个朋友业余时间承接古筝商演，她有次在某活动上找到策划公司的负责人，毛遂自荐成功后，对方有合适的演出都会联系她。

还有一个喜欢写作的同行，有个自己特别喜欢的公众号，后来摸清了那个公众号的定位和风格后，写了一篇文章投了过去，不仅被采用了，还被好几个大号转载，因此他更加用心地创作，现在成为那个平台的签约作者。

第三，开个公众号去实现自己的梦想吧。

我和梁爽都是写作爱好者，白天上班，下班写作，做公众号这半年，累并快乐着。因为这个公众号，我们认识了很多爱我们的读者，每条留言都是我们更新的动力。也因为公众号，我们的文字被很多出版社和策划公司的编辑看到。如果你有个写作梦，不妨从打理一个公众号开始，从每天晚上写一篇文章开始。

罗马不是一天建成，大多数人也不可能一夜暴富，倒是每天为自己赚点钱，日积月累地富起来最靠谱。

你是真努力还是假勤奋?

… 01

小时候我总听长辈们的教导：笨鸟就要先飞，勤能补拙，只要功夫深，铁杵磨成针。在大家眼里，勤奋又认真是永远的美德。我也觉得认真是很优秀的个人素质，还在笔记本上记了不少关于认真的名言警句来提醒自己。但有时我也做些反思，我的认真用到点子上了吗？为何我那么努力，还是没有别人进步得快？

记得当时我所在的部门每周一早上都要开一个小时的例会，领导特别重视会议记录。部门每个人都要轮着做会议记录，某个星期轮到我主笔了，我的心情很紧张。身为一个新人，很渴望能把领导分配给我的每项任务都完美完成。那次会议记录我高度重视。领导的每句话、同事的每次发言，我都认认真真地记在笔记本上。领导要求当天会议记录必须要在下班前发到她的邮箱里，于是我还加了个班，把笔记整整齐齐地打在Word文档后恭恭敬敬地抄送到领导的邮箱里。

想不到第二天早上就被请到办公室问话，本以为的赞美变成了批评。她说："我知道你很认真，可是你知道这样做会议记录会让人看得头昏眼花，而且这样也浪费我的时间。"我顿感委屈，认认真真把每个人的讲话内容按照发言次序排列，一字不漏地记下来难道有错吗？而且为了做好会议记录我还专门买了支录音笔，比其他同事认真多了。

可是接下来领导说："你交出的任何文档，都要方便别人阅读，而不仅仅是内容丰富、完整。你的会议记录没有任何逻辑，让人看了只会觉得眼前一黑，心情烦躁。"然后她发给我一份同事小可上周做的会议记录让我参考，我一看，心服口服。

她把会议内容分门别类，用大小标题区分，大标题黑体加粗，让人觉得逻辑结构清晰。她是用金字塔原理里的结论先行的方法来撰写笔记，这样写出来的会议记录会让人看起来很轻松。这份会议记录还有一个细节让人眼前一亮，同事把文档设置成打印的标准格式，如果别人需要纸质版，直接打印即可。

这就是聪明人的做事方法，不盲目认真，而是讲究做事方法和效率。难怪同事小可平日做事总能得到领导的认可，每次部门会议都表扬她做事到位。其实她平常也没有表现出很勤劳的样子，用四两拨千斤的力气就能把事情做好，极少加班加点干活，不得不令人佩服她的做事效率。

... 02

有些人表面上做事认真，实际上在浪费时间。

以前有一位坐在我旁边的姑娘，我封她为“迟到大王”。因为她每天上班都急匆匆的，不到最后一刻不踏进公司大门。一到公司她会先打开电脑，闭目养神一分钟，然后拿梳子理一下刚刚因为奔跑吹乱的头发，接着拿水杯到茶水间接热水，两分钟后坐在座位上吃早餐。等她搞定一切后已经过了半个小时了。其他同事已经处理完邮件，做了几个客户回访了。她终于开始工作了，但她每写两段文案就看一眼手机，手指在屏幕上滑来滑去，可想而知她的工作效率有多低。

有次我们团队因为一个项目加班，看到她也在加班，可是她们团队的人都走了，只有她一个人留下，她在拼命地敲着键盘，一杯刚泡的咖啡放在桌上。她跟我说，自己的工作量挺多，要经常加班才能完成，一脸无奈状。可是跟她一样岗位的那位同事早就完成任务下班了，因为人家不会每隔5分钟看一眼手机，人家每天提前15分钟到公司，当然在上班时间能比她做更多的事。

一个员工不是加班加点就能证明他认真，也许那些能高效完成工作，早早下班的人才是又聪明又认真的干将。

就像我们上学时，有些同学上课不认真听讲，老是开小差，下课回家才恶补知识到半夜三更，以为自己很勤奋，理应一分耕耘一分收获，但考试成绩出来比那些上课认真听讲、下课疯玩的同学差多了。

这就是没用到点上的假勤奋，所有自以为是的认真都是自欺欺人，浪费时间和精力，结果还不尽如人意。

... 03

我欣赏那些认真又有巧心的人，他们做事总是有章有法，效率奇高。

比如我有个前同事，她是时间管理的高手，刷牙洗脸的同时会听“喜马拉雅”上的音频节目，上班搭地铁也能在手机的Word文档里把文章修改好。她做事总是能遵循时间管理的四象限法则，把每件事分为重要不紧急、重要紧急、紧急不重要、不重要不紧急四个级别来分配自己的时间。在日常的工作里，她总是未雨绸缪地把重要但不紧急的事情提前做好准备。比如季度总结是重要但不紧急的事，但是她会每周做好总结以及数据分类，等到季末时，大家都在焦头烂额、加班加点地赶季度总结时，她却能轻松完成，顺便还能抽出时间来处理既紧急又重要的事情。她每天开始工作的前10分钟都会掏出笔记本，在空白页上画上四象限法则所用到的十字图像，在每个象限里分出不同级别的事件，然后当天的工作安排就按这个排序进行。

她是我见过的把四象限法则在工作上运用得又快又好的人，所以我私底下也偷偷向她学习，工作效率提高了不少。同事做每一件事，都比别人高效又有智慧。所以领导总是对她另眼相看，高度重视。公司委派给她的任务，每次她都完成得很漂亮，客户对她的满意度是全公司最高的。因为她帮客户写的方案又快又好，极少拖延，每次见客户总是能早到10分钟，让人感觉她既专业又认真又聪明。

认真的人在他做的每件事里都会透出慧光，他们擅长时间管理，讲究方法，从不浪费光阴假认真。他们更容易在职场里出人头地，最能在充满竞争的环境里杀出血路，因为他们能在别人做一件事的时间里做成三件事，而且并不是因为他们比你聪明，而是比你懂得如何高效率做事而已。

罗振宇曾在《时间的朋友》里说，对于创业者，未来是时间之战，第一是帮别人节省时间，第二是帮别人把节省下来的时间，浪费在美好的事物上。

其实我觉得不仅是创业者，对于每个人而言，都是时间的效率之战。那些能高效利用时间，不浪费自己时间，不耽误别人时间，把时间浪费在专注上的人才是有智慧的认真者。但愿你每天在忙碌的时光里还能高效地偷个懒，在高效的认真里开出花，结出果。

你假期的度过模式，决定了收假后的打开方式

最近很多学生放寒假了，工作的人也陆续休假，大包小包，开开心心地踏上了回家征途。

在微博上有位网友晒出自己享受假期的几大好处，比如，可以有一颗说不洗就不洗的头，一个说不起就不起的早晨，一个说不出门就不出门的白天。听起来，真的好freestyle（自由式），连空气也弥漫着假期的自由与慵懒。

老实说，楼上网友所说的假期模式只适用于我放假的前两天，虽然每天睡到自然醒是我每年的生日愿望，但循环播放慵懒模式，不仅会觉得生活无趣乏味，还有种一事无成的挫败感。在我看来，假期不是放浪形骸的好日子，而恰恰是充实自己的好时光。那么高质量的假期打开方式是怎样的？

第一，假期养生才是最有心机的美颜术。

蔡澜说，会玩时间的人，能享受非一般的乐趣。其实，在假期里会玩时间的人，才能过得更高质。那么怎样才算是会玩时间呢？我觉得会玩时间的人首先得会合理安排时间。

我堂妹自从寒假回来就过着日夜颠倒的生活，假期里没有吃过一顿正常的早餐。有次我们两家人相约喝早茶，大伙早早就各就各位在茶楼里吃早点、看报纸、聊天。而堂妹却在茶楼快打烊的下午2点才到，我们喝的是早茶，她吃的是午餐。看着才20岁出头的堂妹日渐发胖的身材和憔悴如菜色的脸蛋，我不禁打了个冷战。

那些有养生心机，爱惜发肤的女孩，不会在假期里自我放逐，而是会好好利用假期休养生息，早睡早起，收假后，惊呆同事朋友。

我一位大学舍友在一次寒假回来后，皮肤变得光滑透亮，身材也笔直修长。她真是太有心机了，我们一个个在假期里忙于吃喝玩乐，夜夜笙歌，差点把自己搞成裘千尺，而她却美成小龙女。上苍是有眼的，人家在假期里天天早睡早起，每天起床，先空腹练40分钟瑜伽，看1小时书，然后用心为自己和家人准备一顿丰盛的早餐，有时是豆浆搭点心，有时是牛奶配麦片，虽简单，但营养十足。心情好的时候，还会到菜市场买点煲汤材料，回来后把汤料扔进慢热锅里，午饭时间，全家人就有广东美容靓汤喝，养生又健康。舍友说，她在假期里喝的汤汤水水是一年里的最高占比，她的水润肌就是在假期里慢工出细活地调理出来的。

纵观我表妹和大学舍友，她们过的是两种不同假期的人生。规律地早睡早起和日夜颠倒的人，是活在两个不同世界的。就像白天不懂夜的黑一样，日夜颠倒的人永远理解不了早睡早起的人，能得到的好处有多爽。

我们平日里朝九晚五地上班，熬夜是不得已行为，但在假期里，我们不用看谁的脸色，我们是时间的主人。假期才是调理身体、保养容颜、充实大脑的最好契机。

第二，假期读书是最高性价比的气质修炼法。

最近翻看蒋方舟的微博，看到她更新了一条动态说，她要像囤年货一样囤春节要看的书。配图是一张她蹲在书房里的照片。我一直在追《圆桌派》，蒋方舟是常驻嘉宾，很佩服她的见识和谈吐，就算在梁文道和马家辉等文人大咖面前，也一点不怯场，谈起话来有理有据有观点。她气场和视野的磨炼，很大一部分是来自于博览群书。

女人要有气质和格局，就要多读书！这是硬道理。

很多姑娘说，自己上班时没时间读书，那为何不趁假期读几本好书？在放假前，我就在kindle里囤好了几十本之前一直想看又没时间看的好书，准备在家里慢慢享受。

同事上一年春节期间深受董卿的《诗词大会》影响，在假期里买了好多唐诗宋词回家琢磨。以前我没觉得他有多少文学修养，反而有几分市井的俗气。那次回归岗位后，很多同事看他越来越顺眼，原因竟是他写邮件越来越有文采了。原来书中自有黄金屋是对的，读书能让一个人脱胎换骨。

回到家，我们最怕的是被父母唠叨，追问不该问的事，让我们的心好累。但其实，静下心来读书，是逃离父母苦苦追问的好方法。沉浸在书里的人，是有自己的宇宙星辰的，这个宇宙之广阔，可以让你忘掉生活里烦心的细枝末节。

第三，假期旅行是联络感情并长见识的契机。

很多人说，朋友之间的渐行渐远是由你“不问”、我“不说”开始的。其实我们不是有意对朋友不闻不问的，只是有时我们都太忙了，朋友一旦疏于问候，就很容易没了下文。所以我们不妨趁着假期，来一次友情的巩固之旅。

旅行是友情破冰的契机，曾一起旅行过的朋友和没旅行过的朋友的感情是不一样的。

读万卷书也要行万里路，旅行不仅能愉悦心情还能增广见闻。

我一位经常周游列国的朋友回来说，她的人生观都是在旅行里学回来的。比如她在拉丁民族那里学会了热情，在日本人那里学会了细节，在西欧人那里学会了优雅，在南美洲人那里学会了对死亡的乐观。

旅行的意义是，走的路多了，你会发现：世界另一端还有跟你不一样的人，不一样的生活方式，心会随着你走的路越走越豁达，越走越有格局。

第四，会玩物养志的假期才算有意义。

很多人说，玩物会丧志，但我更认同蔡澜先生说的，玩物会养志。在假期里，我们不妨成为一个玩物养志的人。玩物其实就是做自己感兴趣的事，有什么比做自己喜欢的事更愉悦和充实？很多人在假期里喜欢买买买，喜欢什么扫一扫微信就能到手。但最好的假期生活方式不是随手得到，而是动手研究自己感兴趣的事。

我一位朋友很喜欢香薰蜡烛，她利用假期在家里研究如何做一盏有香味的蜡烛灯。后来她想到了用柠檬做蜡烛灯，她把柠檬两头削了，放入一个精致的小碟里站稳，把一根蜡烛去芯，放在锅里煮，煮成液体的蜡后放进柠檬里，然后在柠檬里放入蜡烛芯，大功告成。每次点燃柠檬蜡烛，那香味比香薰还好闻，一阵阵的柠檬香，令人心情大振。

同事喜欢书法，他在假期里会练练毛笔字，而且近年来越写越好，听说今年都有人上门找他写新春对联了，能赚点小钱，又可发展兴趣，一箭双雕。

假期是愉悦自己的黄金时刻，上班时常常有做奴隶的感觉，只有假期，才能有回归本我的自在。我们不能决定假期的长短，但是我们可以主宰假期的质量。质量高的假期生活方式，人会有回光返照的精神爽利，而颓废的假期模式，只会让你萎靡不振，越多假期反而越过越累。

在假期里，只有保持规律生活，不放纵自己，会花心思，敢去做，把兴趣玩得尽兴的人，才是把假期过得有水准的人。这样的人，才有快乐生活的能力，才能把日子过成诗，才是把有限假期过成高质量的生活精。

限制你想象力的，不是贫穷而是能力

… 01

之前有个热贴引来了大众讨伐，起因是贴主问“她专科，我名校毕业，我们合适吗”。贴主是浙江某知名高校的毕业生，月薪万元，优越感超标。他通过相亲认识了一个女孩儿，女方条件很好，但就是学历低。在他根深蒂固的思想里，觉得学霸配学渣有点门不当户不对。虽然很多人反对他，但就学历这点儿而言，在相亲和找工作里，是很多人心里的最后一道防线。

我也曾因为自己不是名牌大学毕业而深深自卑过。在找工作的时候战战兢兢，好担心自己的简历会被大公司嫌弃。所以连很多大公司的第一轮海投都没胆尝试，不知白白流失了多少机会。直到有一天我才发现，我的同届校友居然能被我心仪的单位聘用，莫名的悔恨涌上心头。

是否是名牌大学毕业限制了我对未来的想象，在人才济济的简历面前，我情不自禁地低下头来。但是，学历背景真的就是用人单位看中你的唯一标准吗？在职场混得越久越会发现，企业虽然很欣赏名牌大学毕业生，但这不是选人最重要的指标，实力才是他们最关心的。

一位HR朋友曾告诉我，每次他应聘新人时最喜欢问："你在学校或上一家公司做过的最成功的项目或者案例是什么？"

不管新人毕业于什么学校，只要他曾经做过的项目，就足够体现他的实践能力，HR朋友就会对他刮目相看。他招聘过非名牌大学但是工作能力一流的员工，也招过名牌大学毕业但只会纸上谈兵的秀才。别以为自己是名牌大学就沾沾自喜，也别觉得自己是普通大学就自暴自弃。你能否找到满意的工作，能否突破学历的门槛偏见，不在运气，在争气。

以前我们部门在招人时，曾在各类简历里选中了一位不那么优秀的候选者。参与面试的老大说，只有她做的准备最充足。她来面试前就用了两个星期研究了我们公司的网站，还做了一份同行网站与我们网站的优劣对比分析。有些细节连资深员工也未曾发现，这种发现问题并研究分析的能力令人震惊。

... 02

一个人的才华不是一张不够出色的文凭能够掩盖的，"是金子总会发光的"这句话虽然有点鸡汤，但千真万确。同事凭着铁铮铮的实力在公司发展不俗，一点儿不比名牌大学毕业的人差。一个人在职场的发展如何，不是由你毕业于哪个大学决定的，而是取决于你在职场中的所作所为。

一位企业管理者说，随着工作经验的积累，一个员工学历的光环会越来越淡化，他的职场背景会越来越值钱。有些人在海投了很多份简历石沉大海后，都会开始埋怨自己的学历背景："人家有名牌大学毕业证傍身，而自己的学历太寒碜了，哪会被选上。"但实际上，我们大多时候没被看上，不是因为学历不够高，而是最简单的写简历的能力就输了人家一大截儿。

一般能成功进入海选的人，写的简历就是比一般人好，他们的简历有以下特点：第一，条理清晰，用总分的形式，先总结后分析；第二，具有针对性，他所写的经验和能力，和招聘职位所要求的标准是一一对应的；第三，排版简约，方便阅读；第四，关键的个人信息，比如电话、邮箱、年龄、学历背景等都一目了然。

曾做过HR的我阅过无数简历，那些第一关就被淘汰的人，很多都是连简历都没认真写的人。比如他们的简历毫无重点，满页都是跟竞争岗位没关系的文字，有些连自己的联系方式都没写清楚，还有些大段大段的文字，让阅读者心烦气躁。

... 03

很多人都抱怨自己不是名牌大学，拼不过别人，但事实上大多数人的认真程度，还没达到拼学历的地步。我们都曾以为世界500强公司只会眷顾名牌大学生，但也有普通学子拿到了offer（录用）。而那些能在职场上得偿所愿的人，他们不会因为任何理由限制自己，在激烈的竞争面前，他们永远选择全力以赴。

在知乎上有位网友说，她跟室友两人都因为高考发挥失常考入了一所不太满意的大学。她在大学时自暴自弃，每天睡到自然醒，吃喝玩乐一样没少，而室友天天泡在宿舍煲美剧学英文、做试题。四年后毕业，这位网友找工作四处碰壁，最后只找到一份四千块的工作，而室友一毕业就进入了某知名培训机构，一个月就两万多。原来室友在大学期间虽然没能进入喜欢的英文专业，却见缝插针地学习英文，日积月累，四年下来英文水平突飞猛进。

你在职场上混得怎么样，并不完全由你是否是名牌大学毕业决定的，很大程度是由你的努力程度决定的。既然名牌大学不是你职场命运的决定要素，那么不是名牌出身的你，还有很多逆袭的余地。

之前在网络上很多人被三万块一件的大衣只穿一次的事件震惊，很多网友纷纷说被自己贫困的思维限制了想象力，但其实我们很多人也会被自己的学历限制了想象力。但其实厉害的人，从来都不是拼学历，而是拼实力。决定你的前途的要素有很多，能有名牌大学加持当然是锦上添花，但如果没有，先让自己努力增值再自怨自艾吧。

毕竟世界上很多事我们是控制不了的，但努力至少是我们唯一能握住的一张牌。

适当孤独，是你进步的契机

… 01

最近看了一期《读书人》节目，嘉宾是我喜欢的李敖大师，习惯实话实说的他，在节目里再次口吐真言："我是单干户，不与朋友来往，但是我自己很用功，每天工作十六个小时。"

佩服大师的特立独行，可是听他这样讲，我脑海里蹦出来的疑问是：这种不与朋友来往的生活会不会太寂寞？可转念间，我又觉得也许就因为他这份不合群的孤独，让他一个人活成了一支队伍。他没有被任何圈子绑架，让自己实现最高度的自由，解放更多的时间打磨作品，活得比一般人更潇洒、更高级。

当然作为普通人，我们大概也没法忍受像李敖大师那样只与天地来往的孤独。但是，在我看来适当的孤独，不强求合群的态度，也许就是你变优秀的契机。

... 02

古斯塔夫·勒庞在《乌合之众》里说："人一到群体中，智商就严重降低，为了获得认同，个体愿意抛弃是非，用智商去换取那份让人倍感安全的归属感。"在生活中，为了那份归属感，我们拼了老命地去合群，甚至不惜降低自己的进取心，这让我们耽误了不少正事。

记得刚进大学那年，班里的同学都觉得多参加社团活动能长见识，积累经验，将来好找工作。秉着这个宏大的目标，宿舍的每个人都热情地参加各种活动，觉得参加的活动越多，前途越光明，也越能显示自己的合群。因为大家都参加了，如果自己不走群众路线未免也太孤僻了。

为了合群，我也拼命地随着大家一起考证，什么会计证、证券从业证、保险从业证、教师证、人力资源证等等，反正大家考我也一起考。从不落队，永不落空。我大量的时间都用来考证了，但其实我并不喜欢。

出来工作后才发现，原来当年那些为了合群而参加的社群活动并没什么用，那些乱七八糟的证书正在家里的抽屉中发霉，还真不如多背背英文单词，学习PPT，阅读经典书籍呢。如果时光能让我重返二十岁，我一定会推掉那些毫无意义的活动，以及没什么含金量的资格证书。然后坐在图书馆里，一本一本地读完列出的书单，脚踏实地地学习专业知识，多找自己感兴趣的实践机会。

把知识长在血和肉里，认清自己的方向，比盲目地合群有用多了。多热闹的群体也有曲终人散的一天，但知识和技能却能永远地陪伴你，是你未来闯天下的筹码。

... 03

在大学的宿舍里，如果大家都习惯睡到8点，而你6点起床就是异类，可是你明明很想早起学英文，但为了和舍友们保持同一阵线，硬要拖到8点才爬起来。周六你明明更想到图书馆阅读几本自己喜欢的书籍，可是如果舍友们决定一起去爬山，你也一定会奉陪到底。合群的行为，总是让你更安心。

只是你目前为了合群而产生的安心，将来会成为你的忧心。可是那些出类拔萃的同学，都是不太强求合群的主儿。不是说他们没有朋友，不乐于助人，而是他们永远都懂得如何捍卫自己的时间表，他们从不盲目跟风，随便追随。

记得我们班上有位女生青青，大家都觉得她很孤僻，因为她很少参加社团活动，也很少跟舍友结伴逛街。我经常看到她背着个小背包，提着一壶水，一个人独来独往。某次我吃完晚饭后快马加鞭地去参加一个社团活动，看见她正在一个教学大楼后的楼梯里练英语口语。还有一次我吃过晚饭后准备跟舍友到篮球场看比赛，看见她右手夹着两本书向图书馆方向奔去。她的背影看上去很孤单，但却活成了我向往的样子。青青毕业后去了一家世界500强外企，看她在朋友圈发的九宫格照片，经常是世界各地的美景，让人羡慕不已。

越不强求合群的人，越能活成自己想要的样子。就像青青，看起来好像不太合群，却因为与群体间保持距离，让她能够时刻保持清醒，不人云亦云，按自己的时间表行事。

能成事的人，大都是不强求合群的人。明明不想走大众路线，却非要“从群众中来，到群众中去”，这样迟早让未来的你，讨厌现在的自己。

... 04

前段时间我把朋友圈关闭了，目的是让自己不要被朋友圈绑架，释放更多的可支配时间。终于不必为了讨好与合群逐一为大家点赞了，我的世界顿时变得很清静，有了很多时间去做自己喜欢的事。记得以前我开放朋友圈时，每个朋友晒的娃，我都会点赞，生怕漏点了谁。为了合群，朋友们发的九宫格美图我基本上都点赞，因为其他共同好友都点了，自己不点好像太不近人情。

为了合群，我们很容易被人情世故掐住咽喉，于是我们不由自主地一点点出卖自己的时间和良心。本来在点赞和评论朋友圈的时候，你可以多看几页书，跟知心好友多进行几分钟高质量的聊天。

可是你偏偏为了维护自己的好人缘，在硬要合群中丧失了让自己变得更优秀的主动权。

不强求合群时，才是进步的开始。有很多姑娘常会因为自己的不合群性格而感到自卑，为了让自己看起来跟大家的关系和谐美满，会做出不少三观不合的蠢事：自己跟舍友没话可聊，却非要尬聊，浪费时间活受罪；自己超级讨厌转发别人的投票文，却默默地转发；不想参加同学聚会，却硬着头皮参加，但其实跟同学们也没啥可聊的；周六日跟着大家去KTV唱歌，其实你更想静静地在宿舍待一会儿……同学们，你这么合群，开心吗?

人无法两次踏入同一条河流，你因为硬要合群浪费掉的时间，上帝不会给予补偿。当你毕业准备找工作时，当初一起吃喝玩乐的小伙伴终究要各奔前程，你还是得一个人去面对无穷尽的压力。再好的朋友也没法帮你解决这个问题。无敌需要寂寞，每个人此生都有自己的使命，要实现自己的理想，需要你一个人孤独前行。合群与不合群没有对错之分，只是有些时候，你并不需要为了合群而盲目顺从，减轻对人际关系的依赖，才是专注于内心的第一步。

当你不硬要合群，愿意留给自己适当的孤独和寂寞时，或许就是你开始进取的时候。

与其自怨自艾，不如主动出击

前两天看到我的偶像陈文茜写的一句话很有共鸣："这个世界是一个主动出击的时代，与其坐在家中哀叹，不如自己极力争取。"确实，在各种美女大行其道的时代，谁有闲情窥探你的灵魂？

不是大美女还喜欢藏着掖着的人，命运堪忧。《高效能人士的七个习惯》里第一个习惯就是积极主动，好运气不都是上天免费赠送的，有些是你自己捞回来的。就像我同学小君，因为够主动，已经赢了很多人。

积极进取的人，连老天都在帮他。

... 01

同学小君大学毕业就去了我心仪已久的潮流杂志当编辑。据我所知，那家杂志社只招名牌大学的学生，单是笔试的流程就严苛得可怕。我和她都不是一流大学毕业的，单是筛选简历就被刷下来了。可三个月后，她居然进了那所杂志社！而且还转正了！什么都无法表达我当时的羡慕。

当初她跟很多人一样投了简历，但结果是石沉大海。因为太想得到这个机会了，于是她单枪匹马带着自己的作品去了杂志社。但是到那里当然也是碰壁，连人家的门儿也进不去，还被前台鄙视。可她还是坚持不懈地去杂志社蹲了好几次点，居然就这样跟前台聊上了话，吃了几次饭后混熟了。后来前台把她引荐给杂志社的主编，主编看了她的文章和插画后，非常满意。她很顺利地得到了这个很多人梦寐以求的机会，现在她能经常采访大咖，见过的世面也不是一般人能比的。

她有才华，但有才华的人不一定有她这样的机遇。这个机遇不是偶然，而是因为她的积极进取，水到渠成而已。正如大仲马所说："谁若是有一刹那的胆怯，也许就放走了幸运在这一刹那间对他伸出来的香饵。"

所以每个主动的人，运气都不会太差。

... 02

我大学时的一位其貌不扬的女同学很神奇地追到了超级帅的学长，很多人问她秘诀，她说就靠"脸皮厚"啊。她的主动确实让我们一众女孩儿望尘莫及。她写过情书，圣诞节亲手给他织过毛衣，在图书馆和饭堂不断制造偶遇的机会……反正她竭尽所能地向他表达：我喜欢你！虽然有很多女同学不齿她的“不要脸”，但我佩服她的勇气。当我们因为不敢表白眼睁睁看着心上人被别的女人领走时，她却开开心心挽着心爱的人逛街，多爽。

春节时堂妹向我吐槽说，她在朋友圈里发的九宫格美图很少有人点赞，也极少有人留言，她有点苦闷，甚至怀疑是不是大家都不喜欢她。我问她，那你有没有经常帮别人点赞，她摇了摇头。你对别人爱答不理，别人凭什么要给你点赞呀。朋友圈也需要礼尚往来，更别说日常生活里的友情经营了。

最近一位好友生了小孩，我到她家探望，发现去看望她的朋友很多，小孩子的礼物堆积成山。她的好人缘，我一点儿也不奇怪，即使结婚了，她也不时主动找朋友聊天，关心朋友近况，中秋节、圣诞节，老友们都会收到她亲手做的月饼、曲奇、贺卡等。每个朋友都被她的真心实意温暖过。

... 03

友情不是被动索取，而是主动表达。有人说伤心时找不到朋友倾诉，进入社会后，朋友丢了好几批，除非自己卖保险或做微商才想起他们。

比如我一位高中同学，她以前很少主动联系别人，朋友有困难她也不主动关心，过节也不送祝福。最近她突然加我以及几位同学的微信，然后发了好几条她正在热推的保险产品，没过几天就对我们狂轰滥炸。我对这种突如其来的热情无福消受，于是很快把她拉黑了。

任何一种感情都需要公平交换，平常不主动维系感情，却奢望得到朋友鼎力相助，这跟投机主义者没什么区别。那些人缘好、有困难能得到别人帮助的人，往往也是那个最主动关心朋友的人。

在人生中，你的每一个主动行为都会对你有所帮助。你争取每一个机会去面试，会得到喜欢的工作；你真诚地对待他人，会交到欣赏的朋友；你热烈地追求一个喜欢的人，会收获心爱的恋人。

在这个世上，主动出击的人会获得所有先机，“先到先得”这个词不是只适用于商品的抢购，人生的各种场合也在遵循这条定律。与其沉默地加班，还不如学会主动跟领导沟通和反馈工作情况；害怕与朋友渐行渐远，还不如今晚就主动联系他，与他分享你最近的喜怒哀乐；对于心心念念的那个人，表白比沉默更划算，说不定正好他也喜欢你。

其实主动不丢脸，被动也不清高。任何事，只要主动一点点，或许就能心想事成。

为什么你总觉得别人过得比自己好?

… 01

曾有朋友向我诉苦，自从有了朋友圈后，她整个人都不好了。看见大家都在晒自己的高品质生活，不是吃牛排喝红酒，就是世界各地到处逛。再一对比自己，简直活得像一坨屎，生活品质简直低得令人心痛啊。她不淡定地说：“我把那些炫耀狂魔都屏蔽了，眼不见为净。”招数果然够毒辣的，但那不过是自欺欺人的办法罢了，问题的根源不在于别人是否炫耀了生活，而在于她内心总是过于关注别人的生活，忘掉了自己应该要踏踏实实过日子，感受属于自己的喜怒哀乐、花开花落，旁人的生活炫得天花乱坠又如何，跟你有什么关系?

正如张爱玲说“人生是一袭华丽的袍子，里面爬满了虱子”，别人华丽的袍子里究竟有多少只虱子，你都还没弄清楚，就开始妄自菲薄，对别人的生活开始羡慕嫉妒恨了。别人的老公你嫉妒，别人的小孩你羡慕，常常对天长叹：诗和远方都是美好的，但不属于我，属于别人。掐指一数，我身边这样妄自菲薄，对自己的幸福视而不见，总是羡慕别人的人还真不少。

同事阿洁就是那种老觉得别人比她过得好的狂热分子，上班时，坐在我旁边侃侃而谈别人的生活，两眼发光。“你知道吗？前同事的蜜月去欧洲了，你有看她的朋友圈吗？多浪漫啊，在巴黎铁塔下看日出，在柏林的小镇中散步，在英国的教堂祷告，多么令人向往，怎么我就没这样的命呢，想想我跟我老公的蜜月简直太没格调了。”

我不知道阿洁是否在朋友圈受到了极大的刺激，语无伦次地开始诋毁自己的蜜月旅行，之前她蜜月旅行回来明明心情大好，想不到如今360度大逆转，她老公用心筹备的蜜月之旅在高格调的强烈对比之下，立马黯然失色。如果她老公知道了，那颗小心脏不知能否经受得住打击呢？

... 02

还有一位同事琳琳，她总是吐槽自己的工作，向往别人的职位，可是从来没有主动争取过自己所羡慕的生活。某天，她又开启了絮叨模式：“我们公司的收入跟别人真的是没法比啊，跟我一同毕业的同学很多都混得风生水起了，数钱数到手抽筋啊，我的工资还属于扶贫的水平呢!”我心里想：“不满意，你滚啊！这份能让你舒舒坦坦拿着工资的工作，多少人争破头呢。”

我看她像唐僧般喋喋不休就替她忧伤，她对自己的无能该有多愤怒啊！我深深地感受到她羡慕别人时，根本就没有对如今保障她衣食住行的工作有半点儿感恩之心，只有无穷无尽的抱怨。别人在饭桌上喝酒应酬到胃抽筋的时候，你还在自己的办公室舒服地品尝着浓浓的咖啡，别人加班加到满脸疲惫时，你正在家里谈笑风生，别人也在羡慕你的生活啊。

工作也如围城，外面的人想进去，里面的人想出来，也许你羡慕的并没有你想象的那么好。如果你渴求高工资，那么你就努力提升自己的技能，接受更多的挑战，羡慕和比较无法让你过得更好。

相比于那些罔顾自己幸福，总是关注别人是否活得比自己好的女人，我更欣赏那些安安静静地活在当下，用心经营自己生活的女人。

... 03

前辈子怡就是一个用心经营自己生活的女人。当我还是新人时，她是我的领导，她工作的魄力和进取心简直无人能敌，大boss吩咐的任务，从来都是一丝不苟地完成。可是就是这样一位强悍的女人，却在众人的叹息声中隐退，决定在家当一位贤妻良母，这得需要多大的勇气与冒险精神啊！不知道当她的同辈们在炫耀工作上的辉煌业绩时，她内心有没有闪过一丝忧伤，或者在别人风风火火生活的刺激之下，她会不会后悔自己隐退的决定?

前段时间我去看望她，才明白我的想法实在肤浅，她比我想象中生活得更悠然自得。阳台开满鲜花，家里布置得井井有条而充满品位。“我现在只做我感兴趣的工作，例如我每周一、周三、周五都会去学习服装设计的课程，继续完成我少女时代的梦想，每个月月底我会在网站上开一些免费的公益课程，帮助别人成长。”现在的前辈看上去是那样的柔和与优雅，脸上带着浅浅的微笑，与世无争。在言谈中，她安于当下的幸福，探索生活的乐趣，并不觉得自己在家里当家庭主妇就不如那些在职场上拼死拼活的女强人。这是一个女人最优雅的姿态。每个人实现自己人生价值的方式不一样，不是别人拥有的，你都必须拥有。

杨绛先生说，人生不会有单纯的快乐，生活总是夹杂着烦恼和忧愁。别人无论生活得多光鲜，烦恼和忧愁一样也不会少。你羡慕的不过是别人风光无限的金缕外衣，别人的千疮百孔你又了解多少。

没必要因为羡慕别人的生活，而患得患失，朋友圈里的各种炫耀，你可以轻松愉快地点赞或忽视，但不要太当真了，认真你就输了。

活在自己的幸福里吧，未来是他们的，也是你的，幸福属于每一个人。

二十多岁的开挂姑娘，懂得自己给自己安全感

… 01

在电视剧《欢乐颂》里，樊胜美和安迪都是没有安全感的人。樊胜美父母重男轻女，能得到母亲的关注简直是不可能的。安迪在孤儿院度过童年，母爱更是匮乏得可怜。

可是这两个极度缺乏安全感的人，她们选择自我救赎的方式却很不一样。安迪通过独立和冷静的个性，让自己时刻都能充当自己的上帝。而樊胜美却一心一意把安全感放在男人身上，钓金龟婿才是她的终极使命。所以她才会说出那句“埋单是男人天经地义的事情”。她压根就没想过将来靠自己埋单，逮住谁，谁就是她的救命符。可怜之人自有可悲之处，没有安全感却不想自强不息的樊胜

美，估计将来还有很多弯路要走，很多眼泪要流。她对安全感的索取像一个黑洞，迟早会成为压垮王柏川的最后一根稻草。

没有人能完全承受另外一个人毫无限度的索取。每个人都背负着自己的心理暗疾前行，我们都有或多或少的恐惧和不安，只是有些人会让自己生出更强的盔甲来抵抗，而有些人却只会急于找救生圈。

... 02

记得两年前小思发了封辞职邮件给我，官方上她说想换个环境，但私底下我知道，她男友被派到外地驻扎一年，而她也打算“嫁鸡随鸡”。

我一点儿都不觉得惊讶，小思缺乏安全感是众所周知的，公司派她去公干，她到酒店的第一时间就会检查安全通道，睡觉的时候一定会整晚亮灯，同时要伴着电视机的声音才能睡得着，她很害怕一个人住。

在现实生活里，她很依赖她男朋友，经济上情感上完全沦陷。她工作马虎，找到这个“长期饭票”后，就更加不思进取了，工作了几年，但毫无专业技能傍身，职业天花板即将到头。我真为她担忧，去到人生地不熟的地方，她能生活得好吗？远离了熟悉的人际关系，估计她只能彻彻底底地依赖男朋友了，可这危险指数极高。就算保护欲超旺盛的男人，也害怕遇到完全没有独立能力的女人。

果不其然，小思的恋情未能开花结果，一年后就分手了，好像是男方劈腿了。当时的小思一下子就乱了阵脚，人生顿失依靠，最可怕的是她根本没多少存款。真正的安全感需要从你内心生出，才能不让自己成为别人的包袱。很明显小思是她男朋友的包袱。

理财有风险，投资需谨慎，感情也一样。如果你只想在别人身上获取安全感，那么也请你做好被伤害的准备。任何人最终的归宿都是自己，有什么比自给自足的安全感更令人安全呢。

没有谁能保证你一生安稳，就算买国债也有亏损的时候，在找到你可以依赖的肩膀时，也要锻炼自己的臂弯，让自己在茫茫的荒野里，即使没有了依靠的肩膀，至少还有自己。

... 03

范湉湉在《奇葩说》里说，我们都害怕面对内心的恐惧，比如害怕走夜路，害怕父母老，我们什么都怕，可是作为成年人，我们不能逃避，我们要扛着。

对于这个观点我深以为然，有些恐惧我们确实只能留给自己，别人爱莫能助。就像生病，别人无论多么爱你，也无法感同身受，你只能自己扛着，自己宽慰自己。安全感也一样，面对困难，心灵成熟的人会自己给自己安全感，让自己不那么害怕和恐惧。

最近看《陨落的巨人》，很喜欢里面一个叫比利的男孩。他第一次下煤矿工作时，心里很恐惧，尤其是对死亡的恐惧，因为在煤矿工作是极其危险的，他哥哥就是因为煤矿事故去世的。最糟糕的是他还被阴险的同事陷害，同事换了一盏快没电的煤矿灯给他，当矿灯熄灭时，比利一个人待在又黑又脏的煤矿里，如果大家忘了他，他可能会渴死或饿死在里面。可是比利没有哭，他虽然恐惧，但也尽力去克服。为了转移恐惧感，他更加拼命地在黑暗里工作，因为只有忙碌会让他忘记恐惧。累了，他就开始高声歌唱，不让自己胡思乱想，他一直在开解胆战心惊的自己。最后，他终于熬过了黑暗，等到了光明。

这段故事打动我的是，无论你遇到什么险阻，在坚强中懂得自我慰藉才能产生最高级的安全感。

有时候，某些困难，我们只能独自面对，懂得自我救赎，才能一生平安。如果世界上真有稳稳的安全感，那不过是独立的另外一个名字。无论是家人、恋人还是朋友，都不可能永远与你同在。把安全感寄托在除了自己以外的任何人身上都不安全，强悍的自己才是最好的依靠。

... 04

记得当初刚工作时，我既迷茫又恐惧，离开家人和熟悉的朋友，很没安全感。那时候我租住在城中村，暗无天日，夜里上楼都胆战心惊，老鼠和蟑螂是我的同伴。但那段无依无靠的日子，让我学会了如何面对孤独，如何自己给自己安全感。

为了驱散自己在出租屋里的恐惧，我学会在生活细节上照顾自己，一点点构建只属于自己的安全感，比如：我努力工作，提升技能，让自己的收入稳定；我注重理财，物质享受会控制在能力范围之内，让自己的钱包永远都鼓鼓的；我坚持运动，注意饮食，让自己在大城市里有健康的体魄；把送水、维修等服务以及重要朋友的电话都整理好贴在冰箱门上，让我的生活需要帮助时，不至于走投无路。这些方法曾帮助我度过无数个无助与不安的日子。

所以当你学会自己过日子，学会自己陪伴自己的时候，安全感才能生长于你的骨与肉里，永不分开，结出坚强的果实。

二十出头的姑娘，也许会跟当年的我一样遇到很多迷茫、很多不确定、很多恐惧，但是当你掌握了更多的求生技能，更懂得照顾自己时，安全感会神不知鬼不觉地在你心里生根发芽。你寻寻觅觅追求的安全感，其实就在你自己的手里，心理强大又独立的女人，你就是自己安全感的助燃器。

但愿你这一生既能找到可靠的男人，也能找回独立坚强的自己，让你即使在暴风雨中也能处变不惊。

适度的敏感力，让你进退有道

… 01

日本作家渡边淳一在《钝感力》里认为“现代人不要对日常生活太过敏感，必要的钝感力是赢得美好生活的手段和智慧”。

钝感力确实是好东西，让人更能抗击挫折和悲伤，且有助身心健康。但如果缺乏适度的敏感力，在人际关系里也相当危险，一不小心就沦为别人眼里的“讨厌鬼”，处于人人都讨厌的境地。适度的敏感力并不是脆弱的玻璃心，它是一种可以敏锐地察觉别人心理感受的能力，是能将心比心地站在别人的立场想问题的能力。这样的人有同理心，知分寸。

拥有敏感力的人，常常能恰到好处地把握人际关系的临界点，知道怎样的距离会产生美。相反，如果一个人缺乏敏感力，为人处世简单直接，不把握行事说话的分寸，就容易惹人生厌。

比如我前公司有位同事小简，性格大大咧咧，心思不细腻，因此捅出了很多篓子。有位女同事因胎儿不稳有流产迹象便回家休养，三个月后返回工作岗位。坐在女同事旁边的小简经常热情过度地提醒女同事注意身体，但说话又粗心大意。譬如她想关心同事的饮食，却说成："饮食方面，你千万记得不要吃西瓜，不要吃螃蟹，不要吃薏米，要不很容易流产。"女同事本来对于流产这件事就很介怀，听到"流产"二字便脸色一沉。小简完全没有察觉到气氛不对，继续说："市场部有位同事，八个月都保不住胎呢，你要多加注意了。"女同事听完小简的"肺腑之言"，脸色更加阴沉，忐忑不安。接下来的好几个月，都不太想跟她搭话。

对女同事好言相劝的小简不仅没有跟女同事拉近距离，对方反而对她不冷不热，关系越来越疏远。小简的弄巧成拙，正是由于她太过迟钝，不能敏锐地察觉别人的心理感受，反而好心办坏事。

真正的关心，并不只是站在自己的立场上去关心别人，而是要学会换位思考，要找到合适的言辞，用自己的敏感力去体察别人的情绪，这种安慰才能让双方各自心生欢喜。

情商高的人应该要拥有钝感力与敏感力自由切换的能力，钝感力有余，敏感力不足的人，往往好心办坏事。

… 02

在人际交往里，多多体察别人的言行举止总是有益无害的。细心聆听别人是否话中有话，敏锐地把别人没有说出的玄机在暗中消化，不给别人添麻烦，才是成年人在人际交往中必须要做到的。

缺乏敏感力的人很难深刻地认识人性，所以也就很难猜测别人心思。他们往往容易在为人处事里阴差阳错地招人嫌，连自己沦为别人的包袱都不自知，也是一种悲哀。

在娱乐圈，跟张国荣接触过的明星，无不赞叹说哥哥是一个很体贴、很细心的人，跟他相处真是一种享受。他令人舒服的好人缘，来自于他细腻的敏感力。别人不说，他也能在细节里读懂别人的情绪。当年他跟大红大紫的林青霞一起拍戏，休息时只有他会问她："你过得好吗？"听到这句话，林青霞崩溃大哭，她真的过得不好，一个女人孤苦伶仃地在荒山野岭拍戏，怎么会好呢。但只有张国荣察觉到满身光环的她，其实并不开心，于是他对她说："我会好好对你的。"那一刻他们成为好朋友。

很多人说，敏感的人容易玻璃心，但把敏感力用在适当的地方就是细心周到，无微不至，让朋友舒畅无比。比如张国荣，他对人对事的敏感力让他为人做事特别有修养，懂得在细微处体恤朋友，又懂得在细节处不为难别人，难怪人见人爱。

... 03

所以，其实有适度敏感力的人才是最好相处的人，他们是最不会出乱子的朋友。因为他们不会等到你厌恶的时候才察觉大事不妙，在你情绪临近崩溃时，他们就已经撤退了。他们对待朋友的喜怒哀乐明察秋毫，进退有道，真是最佳好友人选。

曾经有位读者问我，怎么才能增加同性缘，让自己更加人见人爱。我回答说：那就提高你的敏感力吧。当对方难过落寞时，最先察觉，第一时间送上你的慰问和真诚的关心；当对方有难言之隐时，敏锐地体察到他的苦衷，绝不鲁莽地苦苦追问；当对方不好意思拒绝时，也请你能敏锐地体会到他的难处，不强人所难。

受欢迎的人一定是在为人处事中，把敏感力运用得当的人，因为他们了解自己，也洞察人性，所以能换位思考，有同理心。也正如张爱玲所说的，因为懂得，所以慈悲。

Chapter 2

把时间用在让自己变好上

想要摆脱平庸，
从拒绝畏首畏尾开始

… 01

之前看了一部电影《摔跤吧！爸爸》，电影讲述了他两个女儿中的吉塔在父亲的培养和指导下，闯过重重难关，最后拿下了国家级摔跤比赛冠军，从而改变命运的故事。这部影片对我启发最大的是：父亲对女儿最好的爱，其实不仅仅是让她掌握技能，更重要的是培养她克服恐惧，独立面对世界的勇气。

电影里有两个场景展示了吉塔克服恐惧时的非凡心理素质。第一场景，在与男生比赛摔跤时，即使面对万人嘲笑，她依然毫不犹豫地选择了最强的对手，这是无畏无惧的体现。第二场景，在对战顶级世界选手时，没有了父亲的指导，吉塔开始时虽恐慌，但父亲的教育早已渗透在她的血肉里，在比分悬殊的情况下，她克服了内在的恐惧，用必杀技“过肩摔”将对方打败，创造了奇迹。

原来当一个人不畏首畏尾时，爆发出的能量真的超乎想象。

《与神对话》里说，所有人类行为都是由爱或恐惧两种情绪推动的。我们被爱包围时，会前进、治愈、向上；当我们被恐惧钳制时，会退缩、逃避、躲藏。一个人一旦背负上“恐惧”的十字架，恐怕此生再也无法勇猛前行了。所以，阿米尔·汗饰演的爸爸在训练女儿时很有先见地说：“爸爸只负责教你战斗，战胜恐惧只能靠你自己。”没有谁能代替你承担恐惧，人生的归途只能独行，不畏首畏尾的人，才能一直笑下去。

恐惧是潜伏在我们心里的一块裹脚布。在日常的生活里，那些心理不够强大的人，只能被裹挟着前进。只有不畏首畏尾，有过硬心理素质的人才不会被劫持，最终才能脱颖而出。

... 02

记得在某次学习会上，我负责培训几位入职新人。当日的学习主题是“如何做好presentation（准备）”，这个课题的关键是要让大家多练习、多表达。

课程结束后，当我问有没有人愿意在下周的学习会上上台演示PPT时，原先洋溢着轻松表情的新人们，神色瞬间凝重起来，大家都恐惧上台演讲。只有小艾说想试一下。她回去很认真地准备了PPT，作为新人的她，在台上做了一次挺不错的演讲。

同事们都说小艾勇气可嘉，但其实哪是什么勇气，全靠硬撑而已。她内心其实跟其他新人一样恐惧，不一样的是，当恐惧来袭时，她有意识地去战胜它。谁第一次演讲都会吓得屁滚尿流，名嘴窦文涛曾说，他第一次参加演讲比赛时，吓得差点儿当众失禁。只是不畏首畏尾的人，会强迫自己鼓起勇气走出那个被害怕套牢的舒适圈而已。

自从那次英勇的表现后，小艾被在场的几位领导记住了名字，在后续需要新人加入的项目里，公司都会首先想到她。

很多人说，我的口才很烂怎么办？可是连开口都恐惧，这还能有办法吗？只有那些能克服恐惧，抓住任何机会提升自己的人，才配得到机会，得到命运的青睐。

... 03

人生无论是在哪个场景，与恐惧狭路相逢时，只有勇者才能得胜。强者都习惯逆流而上，弱者喜欢顺流而下。

我也曾是个胆小如鼠的姑娘，但自从硬着头皮尝试做一些自己不敢做的事后，在不知不觉中居然收益很多。比如，我害怕水，去海边只能眼巴巴地在沙滩边蹲着。为了克服心理障碍，我大胆地报了游泳课程，学了一年，却死活学不会，连教练也准备放弃我了。原因是我很恐惧水，手脚还没在水里伸开，就已经喊救命了。后来在教练的反复指导下，自己一点点克服了恐惧，居然真的学会了游泳，以后每年夏天终于可以穿泳衣到海边戏水了，突然觉得生活又美妙起来了。

我有一位朋友虽然考了驾照，可是从来不敢开车，因为她经常觉得自己是马路杀手。可是有天半夜三更，儿子发烧，老公却出差了，没有人能够开车送儿子上医院，她只能半夜叫出租车，差点儿耽误了病情。于是她终于下定决心克服开车的恐惧，后来才发现，原来自己开车技术也不是很烂，还挺享受那种独自上路的感觉。她现在不仅是能干的妈妈，还是独立的职场女性，拜访客户时，自己开车比以前搭地铁高效多了。

只要你不畏首畏尾，就会看到自己无限的潜能，人生也会越来越丰富，路途会越走越顺。

... 04

有位网友说，大学刚毕业时，他觉得自己不是名牌大学毕业，很多大公司的招聘都没有勇气去尝试，甚至连人家的网上申请表都不敢填写。可是他们班里却有不怕死的人成功地进了500强企业，这让他暗中羡慕嫉妒了很久。

电影《合伙人》里有句台词：那些从一开始就放弃的人，他们不会失败，因为他们从一开始就失败了。

曾经有读者问我：“简历投递了好久，都没有回音，心里有点儿慌，不想留在大城市了，是不是应该直接回老家找工作比较好？”我没法回答他，因为每个人在大城市工作和生活的心理素质不一样，不过看到他在投简历这一关已经慌张成这样了，留在大城市也是一种煎熬。

《摔跤吧！爸爸》里说：“从出生到死亡，你的人生就是场摔跤赛。”我深以为然，正如奥运会里进行半决赛的顶尖高手，最后比的或许不是谁的技艺更高超，只是看谁能熬得住而已。

我们每个人都会对陌生的环境或事物有恐惧心理，但只有最大限度地克服这种心理的人，才会变成一个厉害的人。所以，想要摆脱平庸，那么请先打碎你那颗畏首畏尾的心吧。

你以为换了工作，所有问题都会解决？

… 01

我曾以为只要换了工作，所有问题都会解决，就算冰山也能劈开。

上个星期我的前同事，一位很生猛的“90”后小妹妹发微信问我：“姐姐，我想要辞职，受够了我那阴阳怪气的老妖婆上司了。”她的心情我理解，那位女士也曾是我的上级，她脾气有多坏，估计全公司的同事都有耳闻，董明珠走过的路寸草不生，但被那位上级骂过的人三日吃不下饭。虽然如此，我还是给她回复了微信：“我希望你是因为有更好的职业规划才离职，而不是情商不够用而沮丧离开。”

这是我的心里话，如果你因为不能克服当前的问题而离职，那么下份工作也会处处碰壁。更何况我认为因为不喜欢一个人而选择辞职，是职场里最愚蠢的做法，虽然我以前也干过这样的事。

我大学毕业前两年，因为情商低也被上级骂到哭，不就是因为有两个错别字吗，至于把一个新人往死里骂吗？不就是发邮件时抄送的领导名单没按级别大小排序吗，至于回复1000字的邮件驳回吗？

我曾试过因看上司不爽、同事冷漠而收拾东西走人，但当我换了几份工作后才发现：只要在社会上，难忍的问题还是会在你身边不断出现，并不会以你的意志为转移。我曾以为只要离开原来的企业，一切的问题都会远离我，这辈子就可以开开心心地工作和生活了，谁知道职场的大戏才刚刚拉开帷幕而已。

如果你没有真正思考自己辞职的理由，一切以逃避为目的的辞职都是耍流氓。

... 02

除非世界末日，否则八婆永远与你同在。我曾是个玻璃心重症患者，很在意别人的指指点点。我毕业的第一份工作是在一家文化影视公司做策划工作，主要负责写广告、策划一些活动，入职半年因为表现还不错被公司评为优秀新人，还拿到了两千元奖金。

接下来一连串戏剧性的事件就发生了，午饭时间曾一起手拉手到办公楼下吃云吞面的小伙伴们像有意躲着我似的，吃饭时间也没有再问我要不要一起吃，想吃什么。等他们都出去了，我孤零零地打了电话叫外卖，心情沮丧地在工作卡位上吃盒饭。我一个人到楼下吃完午饭回来，打开办公室的门，听见昔日的好友抱团儿讲我的八卦，其中有人说："她凭什么拿奖金，进来时间比我还短一个月呢！""估计她擦鞋很有一套……"听到他们的议论，我默默离开了，自己坐在洗手间马桶上冷静了十分钟。后来我每天上班都如坐针毡，就怕别人在背后说我坏话。

那家公司的发展前景不错，但为了逃避不称心的人际关系，几个月后我辞职了。当我换了一份工作，依然有不喜欢的人在身边来来去去，讲八卦的人依然无处不在。随着年龄渐长，处事成熟后我才明白：我不是人民币，不需要人人都喜欢我，而且我不喜欢的人也不喜欢我，这是一件很公平的事。

在职场上，无论对人对事，你对别人付出过一片真心，就要问心无愧。职场上的情商不是天生的，只有应对过最难搞的同事，接受过被八卦刺伤的痛楚后才会逐渐成长起来。

高晓松说："生活不会因为你害怕，就什么都不做，就不捶打你了。"职场中也不会因为你善良就没有闲言闲语，除非你像陶渊明一样去过那种"采菊东篱下，悠然见南山"的隐居生活。

所以，请不要奢望有单纯的人际关系。面对不友善的同事时，我习惯的做法是坚信"圈子不同不必强融"这句话，把工作做好，当我比你优秀一百倍时，你连羡慕的资格都没有。

... 03

表妹去年年底辞职了，她还挺精打细算的，拿了年终奖才跑。

我问她：“原来的企业不是挺好的吗，大公司可以学习到很多，你才待了一年，再积累点儿经验对你将来的发展会更好。”

她眉头一皱说：“我想找一份薪水更高的工作，原来那份工作很没意思，经常要被领导使唤打印文件、斟茶倒水，有时候还要加班加点修改方案，我怕自己人没老，脸就先残了。”

后来她又换了几份工作，每份工作都能被她挑出一堆毛病来，在不断换工作期间耗掉了时间、机会成本不说，工资也没怎么涨。开年没两个月，表妹已经换了两份工作，每次都抱怨领导苛刻、同事无聊，可是从没反省过自己。她每换一份工作都觉得上司有眼无珠，没有对她委以重任，觉得自己怀才不遇。李白、杜甫可能会怀才不遇，但表妹不会，她那么喜欢表现自己。

在互联网时代，任何人都有证明自己的渠道和机遇。如果表妹的能力被认可，领导怎么会只让她打杂？如果她的方案质量过关，上司怎么会让她加班修改？

... 04

讲真，我遇到的每个上司都是狠角色。

我之前有位上司是个完美主义者，发给客户的文档没空两格也会被他训斥。我曾因为活动方案写得不好被他叫进了办公室，他很严肃地对我说："你要做到让你的每一个字都能赚钱，每一篇文案自己最好修改十遍以上再发我！要不我会怀疑你的职业素养。"我曾一度怀疑我那位上司是处女座强迫症患者，我永远记得那天很热，他有鼻炎，办公室不准开空调，我的汗水粘着头发，极不舒服。最终，我把方案修改了一遍又一遍，直到晚上10点，才发给他。每次他叫我做PPT我都提心吊胆，生怕写错一个字。

他的脾气阴晴不定，说得好听点叫直率，在会议上可以不顾颜面地把人骂得狗血喷头。他的部下很多人受不了他的坏脾气，有的转部门有的跳槽，两年后我也走了。

直到我连续经历了五任上司，才发现世界上真的没有什么领导是好惹的，优秀而又有野心的人总是带点让人不舒服的气场。如果你想在职场上舒服些，唯一的办法就是紧跟他们的步伐，成为和他们一样优秀的人。

上司不是你的亲人，你把他安排给你的工作做到完美才是"免死金牌"，上司不相信眼泪，只相信业绩。如果你不把上一份工作的核心问题解决，下一份工作依然会有八卦的同事、讨厌的上司和冲不完的咖啡。

想在职场里走得更远，请先理清自己的职业规划，而不是遇到问题就逃避，别以为只要换一份工作就能改变人生。改变人生的是能力，而不仅仅是下一份工作的机遇。

鲁迅说，真正的勇士敢于面对淋漓的鲜血，而我说，真正的精英敢于直视职场里的刀光剑影。

资历浅但是会请教的人，才有资格成为职场高手

… 01

某天公司开了一次项目会议，进公司不久的小倩要上台演示方案构思。可惜她开讲不到一分钟就出师不利，PPT上演示的数据报表被CFO（首席财务官）指出不够详细，说服力欠缺。小倩有点儿尴尬但也只能硬着头皮往下说。但到中段CFO又提出几个难度颇高的问题，她几乎哑口无言，只能用拨头发来掩盖慌张，坐在旁边的我也为她倒吸了一口凉气。

小倩这次在会议上遭受难堪，似乎是意料之中的事。因为她对公司不够了解，也很难融入这个大家庭里。我每次去茶水间冲咖啡路过她的卡位时，都只见她在埋头苦干，从没见她主动跟人沟通，

或者向前辈请教过。

据同事们反馈，小倩做事特别认真，就算有世纪难题也会自己扛着，很少请教别人，估计被CFO吐槽的那份报表也是她自己死磕出来的吧。其实她那份数据报表完全可以咨询各部门负责人，CFO问的那几个问题，只要她平日多向技术部门的同事请教，就可知一二了。

只可惜她自尊心太强，觉得请教别人越多，显得自己越低能，所以只能把诸多困惑放在心底，直到在会议上彻底暴露自己的无知。于职场人而言，资历浅又不够优秀，却不懂向身边牛人学习，这简直就是对个人前途的一次封杀。作为新人，你的领导和同事，就是你行走职场的活字典，“近水楼台先得月”的你，如果不主动去请教，难道让他们主动告诉你吗?

会主动请教的人，才有资格成为职场的高手。

... 02

回过头来反思自己，初入职场的时候，我也犯过不懂装懂的错误，因为害怕问太多会暴露自己的肤浅。

当时领导让我做PPT，因为任务急，她口头说了要求，但语速太快，我脑子转得太慢，记笔记也不够快。当她问我是否记住了，有不懂的地方可以问她的时候，我很心虚，但仍壮着胆子点了点头。

其实我对她说的某几处是不太明白的，但我不敢问，怕她觉得我理解能力差。我退回到卡位上，想凭着自己有限的推理能力好好消化她的要求，但也没多大进展。可我就是不敢敲领导的门问清楚，怕她怀疑我的智商，以后不放心把任务交给我；我也不好意思请教周围的同事，怕他们看穿我无能无才的底牌。当晚我硬着头皮按个人理解把PPT做出来了。领导看到我熬夜做出来的成果，不但没点赞还十分生气，因为那个PPT完全不是她想要的。因为情况紧急，她只能自己加班加点儿从头修改一遍。

这是我职场上的第一次“滑铁卢”，领导把我批评了一顿，其点评简直戳中了我内心的要害：

1. 在职场上，对于不懂的事，穷追不舍也要弄清楚，全凭个人推测，害人害己。

2. 事情不是靠一个人就能解决的，遇到自己解决不了的事情时别死撑着，懂得及时向前辈学习、讨教，才能快速成长。

3. 别怕暴露缺点，展现短板才有贵人帮你，喜欢藏着掖着的人，一辈子也绕不过那个坑。

领导的话发人深省，从此我再也不是那个不懂装懂的人了。

在职场里，每位前辈都是值得学习的人，有免费的午餐而不自知，活该每次升职加薪都轮不到你。

... 03

职场晋升小红人，一定是最会调动身边资源、见缝插针向别人请教的人。公司有位实习生丽丽让我印象深刻，她是一位提前转正的佼佼者。部门领导对她的评价是：善于沟通，学习能力强。

有次我到她座位上交代任务，余光瞟到她电脑桌面上有个专门归类各种问与答的Excel表，各类问题都有详尽的解答记录。她从不害怕向各部门的牛人请教问题，虽然毕业于名牌大学，但从不自命清高。身为网站编辑，她需要略懂PS技术，于是谦虚地请教美编，一个月后她的修图技术便已可独当一面了；为了获取更多行业资讯和公司动态信息，她经常会在午饭时间跟不同部门的同事交流。

在最后考核的转正演说里，领导提出的各种问题，她都能流畅地回答出来。这大概在于她平日的勤于请教。就像金庸小说里的张无忌，他能打遍天下无敌手，全在于他能学习到不同高手的武功秘籍，然后融会贯通。在职场上也一样，你每次的主动请教，都是收藏秘籍的最佳时机。

... 04

有次听罗振宇的《这一代人的学习》专题，他说最有效的学习应该是回归到人格对象，而最有效的人格学习是向身边牛人请教。因为知识都在牛人的大脑里，你读再多的书，查再多的资料也比不上向牛人学习的效率高。连罗振宇这个知识贩卖大咖也说，他平常最快的学习方式是请教身边的朋友同事，问他们对某个问题怎么看、怎么解决，和菜头跟脱不花就是他常常咨询的对象。在《奇葩说》里，我挺佩服罗振宇的口若悬河的，这跟他高效的学习方法不无关系。

厉害的人大多是受到了别人大脑的启发的。身在职场，你身边其实围绕着不少优质的大脑，好的知识和经验就存在于别人的脑海里，只要你敢问，就有人敢分享。

当年在西湖边溜达的马云，要不是壮着胆子向一个澳大利亚小孩请教英文，口语就不会进步神速，更不会有后面一连串的机遇。

人在职场，不怕你资历浅，就怕你不问。不够优秀，还不懂装懂，迟早露出马脚，前途可想而知。只有放下过盛的自尊心，谦卑地讨教才能变成一个精英。在有涯的职场里，你不是一座孤岛，牛人与你同在，如果你不好好利用，岂不是辜负了一个个难得的学习机会?

资历浅不可怕，可怕的是你活成了一个既浅薄又不敢请教的糊涂人。

高学历的人很多，但靠谱的人很少

... 01

节后回来上班，助理小方不见了踪影，我赶紧发微信问她去哪儿了。她回复说，她不回来上班了，现在人在老家乌鲁木齐，父母不让她来了，说广州太远，家人已经帮她在老家找了一个机关单位，稳稳定定，比较适合女孩子。还发了个鬼脸过来，说不好意思，影响我工作了，一个月后她会回来办离职手续。这是单方面宣布“分手”的意思吗？现在的年轻人还真任性，如果心脏不够强大，分分钟被气死。

我祝福她找到铁饭碗，毕竟人各有志，“北上广”也不太适合贪图安逸的人。但对她低到水平线以下的职场素质，我真的忍无可忍：真把公司当成娘家了，挥一挥衣袖不带走一片云彩，真的以为自己是徐志摩吗?

其实小方的教育背景挺优秀，名牌大学毕业。当初她进来公司时诚意拳拳地说希望能给她机会，她愿意从底层做起。想不到半年不到就变节，连辞职信都没递交就走了，之前没发现一点儿蛛丝马迹，我对她也算是无奈了。

经过这次用人的教训，我总结了一下：高学历并不能证明你是靠谱的。学历不过是蛋糕上的樱桃，而靠谱则需要日积月累的观察。

靠谱并不是说你毕业于哈佛、剑桥，还是清华、北大，而是你做事能认真踏实，有“心较比干多一窍”的精明细致。就像《红楼梦》里的凤姐，就算教育水平是荣国府里最差的，但大Boss贾母布置给她的任务，她每次都完成得很漂亮，不需要领导操心，这就是专业的职业精神。

可是能达到这些基本要求的人不多。我招聘过很多毕业生，他们刚进来时豪情万丈，可是能踏踏实实工作的人却寥寥无几。很多人的简历很丰富但是个人素质却有待考察。

... 02

我有位朋友曾在培训公司工作，到外地上课的频率很高。她每次到外地讲课都要一位助教陪同，助教的工作态度和办事节奏完全影响一堂课的效果。

有次她刚请了一名新助教，学历背景过硬，中英文俱佳，只是工作素质似乎与之教育水平相隔千里。朋友说第一堂课这个助教就忘了带学员互动的工具，差点儿让课程半途而废；第二堂课忘了带课件的硬盘，课程根本没法开始；还有一次她忘了帮朋友在开课前确认领麦的电池，导致麦克风中途没电，于是我朋友全程只能像女高音一样呐喊，课程结束后元气大伤。后来我朋友没到三个月就把她辞退了。

小时候长辈们总说，只要能考上好大学，就等于好工作在向你招手。我觉得这句话太粗暴了，忽略了太多重要指标，导致很多大学生一毕业就以为好工作理所当然是为自己准备的，一让他们做细碎烦琐的工作就愁眉苦脸，态度敷衍，一件小事儿也能搞砸很多次。

我曾经叫一个实习生去打印一份Excel文件，她都打印得歪歪扭扭，完全不符合标准，要返工三次才勉强能用。

... 03

今年过年，我到一个亲戚家做客，听到了一个悲伤的故事。

亲戚家有个小孩儿刚大学毕业，就在外地被骗了，加入了一个非法传销组织，还试图骗父母几万块，全家族震惊。而且怎么劝他都不肯回家，后来父母以死相逼他才回了家，回到家里，也什么事都不干，从早上睡到晚上，唯一想的是天天躺在家里也能赚几千万。农村出身的他曾经是父母的骄傲，承载着一家人的希望，他也曾经踏踏实实地找过工作，但每一份工作他都嫌工资太低，赚钱速度太慢，觉得有更大的事情等着他干，于是误入了歧途。

罗马不是一天建成，一夜暴富不过是个传说。想当年我刚刚毕业时，也希望自己能平步青云，以为自己大学毕业就能在企业顺风顺水，整个世界都应该为我让路。可当我连办公软件都需要前辈手把手教的时候，以前那些不可一世的想法瞬间被击碎了。

如果你现在问我对刚毕业的大学生有什么建议？还是很老土的那句：踏踏实实把工作做好，把领导交给你的每个任务都认真完成，从小事上建立自己的口碑，让别人信任你而不是好高骛远。做好每件小事，大事才会为你预备。

... 04

我曾经担任过一位专家的助教，目睹这位有料专家是如何在小事上一丝不苟的。有次我们一起去参加深圳某上市公司的学习项目，他提前半个小时就到达会场了，说他需要提前视察环境，才能因地制宜地跟对方老总好好洽谈学习项目的相关进度。

当天他需要用英文讲授课程，其实这个课程他之前已经讲过N遍了，眯着眼也能倒背如流。可他在开课的前一个小时还在会议室里演练，每个授课环节严格把控，课件的每个字都再次斟酌，他跟我说每个专业的讲师，在背后的付出都超出你的想象。

当时作为新人的我，被他的敬业精神所感动，也明白为何他一天的薪资就能拿十万块，而那些跟他教育背景差不多的讲师只能拿到他的一半。

原来专业和靠谱才能让一个人价值连城，高学历只是一个门槛。

之前微博有个热点在讨论，念大学对于一个人来说重不重要。当然重要。用美国前第一夫人米歇尔·拉沃恩·奥巴马在一次演讲中的话说："我从不自信的工人家庭之女到普林斯顿大学的翘楚，再到美国的第一夫人，靠的不是财富和资源，而是良好的教育和辛勤的工作。只要你能接受良好的教育并能努力工作，任何事都有可能。"

我相信她这句话，好的教育能为你打开一扇无限可能的窗，但通过靠谱的行动落实到现实中才能改变命运。无论你学历有多高，才华有多么出众，能令他们对你尊敬和刮目相看的永远是你的专业精神。

把时间花费在让自己变好上

... 01

很多姑娘问："我的人生很迷茫怎么办？"其实她们的潜台词多半是：我这么年轻，面对大好时光该怎么让前途更坦荡、未来更光明。她们为此焦虑不安，但下班后依然忘我地躺在床上刷综艺、看新闻，直到各大新闻端口停更才敢睡觉。但可怕的是，第二天太阳照常升起，生活依然迷茫，对未来的方向还是一筹莫展。

我深信，一个人如何对待他的私人时间，决定了他可以成为什么样的人。可这句金玉良言，不知多少人左耳进右耳出，只有少数人能够好好利用自己的时间，为未来创造价值。

... 02

同事小梓休完产假回来就说自己已通过司法考试，并准备跳槽到律师事务所，这着实让同事们都吃了一惊。

虽意外，但也在情理之中，因为小梓是个时间管理高手。午休时大家都习惯在卡位上肆无忌惮地聊八卦，而小梓则在座位上翻书默念或在记事本上分析案例。大家下班等公交时会玩手机，而小梓则会带上kindle随时翻阅，里面下载了几十套司法考试案例。休产假的半年她也没闲着，一边喂小孩一边温习功课，她家的婴儿房除了有可爱童趣的摆设外，还贴满了司法考试的知识点，有事没事看几眼，增加印象。

有人说“一孕傻三年”，这种事怎么就没发生在小梓身上呢？她不仅没变蠢，工资还比别人多了个零。这不仅在于她对碎片时间的轻松驾驭，还在于她懂得把时间浪费在让自己变好的事情上。我们每天都在嘻嘻哈哈中度过，而人家的事业，轻松已过万重山。

我曾深受网络红人“一直特立独行的猫”赵星的真人真事鼓舞。赵星只毕业于二流本科，但她并没有自怨自艾，大学几年从没有辜负过时间。身边的同学睡觉、逛街、打游戏、谈恋爱，而她每天早上五点半起床跟外教学英语，晚上宿舍熄灯后就站在走廊的灯下读书。后来她凭着出色的英语水平，进入了世界五百强的奥美广告公司。别人下班只会睡觉、吃饭、打游戏，而星姐下班后会写作、健身。谁曾想到一个二流本科的学生在短短几年内靠业余时间，写出了畅销百万的励志书，而且能在三十岁前靠自己的能力在北京买房安居乐业？最近翻阅星姐的微博，发现她越来越生猛了，生完两个娃的她，在孩子熟睡后依然会非常自律地学英语、练听力。

没空学习的人通常会自我安慰说：“那是因为我上班太忙了。”但事实上，比你优秀的人通常比你更忙，只是他们会为了让自己变得更优秀，而千方百计把时间挤出来而已。

... 03

之前看《花儿与少年3》，被里面的江疏影实力圈粉，在整个行程里，她大秀流利英文，精干形象秒杀同行女嘉宾。据我所知，江疏影是经济学硕士毕业，可见她平常在英文方面下了多少苦工。她曾在一个综艺节目里说过，留学期间，她每天一大早就起床训练听力，在餐馆打工时边擦桌子边啃英语、边端盘子边啃英语，一直坚持了四个月才有了突破性的进展。

大学时曾有位老师对我说，如果你不知道自己学什么时，多学学英语总是对的。这句话在我出来工作后才有了真正的领悟。我大二考过了英语六级后就以为圆满了，但其实我学的只是哑巴英语，实际对话能力基本是废的。

大学期间，我的时间很多，但面对时间我是茫然的，空闲时不是跟室友聊八卦，就是在偶像剧中荒废，有时午睡后就该吃晚饭了。这么闲早该被雷劈了，可是我还没意识到这种危机，就欢天喜地毕业了。

毕业后进了培训行业，公司经常会邀请一些国外的专家来授课，以及会外派一些同事到国外做对接工作。

有一次，公司准备派一位骨干负责对接外国专家的课程，以及负责他在国内的行程，如果把握好这次机会，分分钟能被派到国外培训，回来就可以升职加薪了。因为无法跟那个专家正常对话，也看不懂很多专业名词，我与那次机会失之交臂。那次机会最终落在了同事小雯身上，她不仅把任务做得非常完美，还得到了国外专家的认可。

我有点意外，小雯跟我一样都不是英语科班出身，为何她的英语水平却高我好几个级数呢？后来经过我的侦查，才发现原来她自从知道公司有国际业务这条线后，就经常在业余时间学英语，连蹲马桶的时间都不放过，真是个有心的人。

其实，所有看起来毫不费力的技能，都不是空穴来风的，你需要花费时间让它们成为你的血和肉。

别人工资比你多个零，也许是他每天努力的时间比你多得多。

面对是非，
不争不辩才是应对的上上策

… 01

自从工作以后，我忍耐的功力也是越来越出神入化了，以前回家我妈说我三句，我会怼一百句，现在我只回应两句就撤了。

对于暂时改变不了的事实多说无益，倒不如不争不辩，说不定就会变得海阔天空。是我圆滑世故了吗？不，是我长大了。

唇枪舌剑并不能堵住别人的嘴，默默地把事做好，才是最有格调的反驳。凡事不争，就要学会忍耐。

亦舒说："要生活得漂亮，需要付出极大的忍耐，一不抱怨，二不解释。"

任何的人际关系要恒久忍耐，才能相处融洽。在社会上受了挫折，若不能立马卷铺盖走人，那还不如忍耐韬光养晦地锤炼自己，这才是对尊严最高级的捍卫。

一位师妹上一年跳到一家规模挺大的金融机构工作，可惜不到八个月就辞职了。某天她发微信语音给我，问能否借她点儿钱。原来她还没有找到合适的工作，现闲居在家，度日如年。她说，好后悔自己没有沉住气，没做好计划的辞职真让人心慌意乱，有苦自知。她公司里那位女上司确实不易伺候，师妹身为助理，可谓胆战心惊，每次随女上司出差都需要高度戒备，心情像过山车一样起伏不定。爆发点是在一次培训活动里，女上司在上台授课时，发现衣领上的夹麦没了声音，PPT也有几处差错，内心相当焦灼。她虽在台上表现得镇定自若，但下台后立马把师妹训了一顿。师妹万般委屈，她每一个环节都检查了，况且PPT是另外一个助理负责的。她跟上司争论，希望能还她清白。但女上司咬定就是因为师妹的不认真导致了她授课水准大跌。回去后，师妹抑郁难解，认真工作得到的却是苛刻的指责，于是一周后愤怒地提交了辞职信。就这样，没有一点点防备，她就加入了失业大军，没有积蓄的她如今温饱都成了问题。

辞职也许很潇洒，但肚子不相信潇洒；你心里受不了委屈，你的肚子就要受委屈。如果当时她不急于解释，而是在日后的工作中用能力证明自己，等羽翼渐丰再辞职，或许就不会如此狼狈。

缺乏忍耐力的人，最受不了委屈，一受委屈就想争辩。可是，这个世界哪有时间听你的辩解，认真把事做好才是最好的辩解。拿人钱财就要替人消灾，为五斗米忍耐不是没有骨气，而是基本的职业操守。

... 02

一位朋友因打了同事一巴掌而辞职的消息，在朋友圈传得沸沸扬扬。

朋友在事业单位工作，福利待遇很好。前段时间巧遇两位同事在茶水间讲她坏话，大概说她是关系户，没实力，全凭运气。朋友个性较急，当时怒气上脑，就跟女同事撕破脸打了起来。知道这件事后，领导震怒，要求朋友写检讨，反省。朋友认为自己没错，于是情绪一激动就辞职了。冲动是魔鬼，她气是解了，但工作却丢了，而且沦为了同事们的笑柄。

不与傻瓜论长短才是最高贵的姿态，只可惜朋友一出手，就把自己的高贵形象全毁了。那些陷害、污蔑你的人，最大的心愿就是激怒你，希望你仪态尽失，然后自取灭亡。

在职场里，面对是非，不争不辩才是应对的上上策。工作能力才是一个人最好的门面，有空与人针锋相对，还不如做些实事让人闭嘴。

... 03

在我看来，在公开场合缺乏忍耐力的人，同时也是情商低的。就像那些在大街上打小三儿的原配，小三儿被打固然解恨，但是在大庭广众下厮打小三儿的原配何尝不是很难看，令人倍感凄凉。就算气得想原地爆炸，也要忍着。家丑不外扬，是对人对己的起码尊重。所以，面对指责岿然不动，是保存颜面最好的智慧。能控住场面，让事情不变得更难看的人，都是有超强忍耐力、不屑与人争辩的人。

不争并不是懦弱，而是换一种方式坚强。

... 04

闺蜜终于换独立的办公室了，可以把那些多管闲事的人隔在门外。记得她怀孕时，领导体恤她，于是安排了一些比较轻松的工作给她。想不到这些安排会引来同事的不满，大家背后说她懒、娇气。在整个怀孕期，她只是默默承受着这些闲言碎语，把委屈都咽到肚子里。

作为好友，我真心疼她。但她说："忍受是工作的一部分，现在我和谁都不争，和谁争我都不屑。等我产后归来，用业绩证明自己就行。"

果然，结束产假后，女友返回岗位，销售业绩不断攀升，那些说八卦的同事也都默默闭上了嘴。现在升为经理的她，站在落地窗前，喝着咖啡，感慨着自己一路走来的不易。

所以，对于这种情况，最好的反击不是回骂，而是不争不辩地忍耐，在忍耐中默默行动，才会有吐气扬眉的一天。人有三衰六旺，在逆境中也懂得克制忍耐，才有当家做主的一天。

我们大多都是普通人，谁不是在工作中需要看人脸色，为糊口东奔西跑。既然非做这份工作不可，那忍一忍又何妨，不浪费唇舌争辩，待自己练就了一身本领，用成就绝地反击也不晚。

不吃眼前“亏”的人，后面的“亏”会排着队等你。所以人生是忍耐的训练场，忍得苦中苦，方为人上人。正如卢梭说：“忍耐是痛的，但它的结果是甜蜜的。”是的，懂得忍耐、不屑争辩的人才能笑到最后。

在成年人的世界里，诉苦是种危险行为

... 01

亦舒的《我的前半生》被改编成电视剧。在这部小说里，我最欣赏唐晶，她能干、大气、精明、不抱怨。当好友被丈夫劈腿时，她并没与之抱头痛哭，而是要她独立自强；当好友被全世界所抛弃的时候，她也没过度怜悯，而是帮她找工作、找房子。她对她鼎力相助，唯独不听她长篇大论地诉苦。书中令我印象最深刻的一段话是，唐晶对前来找她诉苦的子君说："每天只准诉苦十分钟，你不能将沉湎在痛苦的海洋中，当成一种享受……"

唐晶深谙做人哲学：世界上有什么比沉溺于诉苦中的人更可怕呢？

祥林嫂走过来，人人都避之不及，不自救而只沉沦于诉苦是最不体面的自甘堕落。

在成年人的世界里，诉苦是种危险行为，每一次诉苦，都会给人留下不好的印象。

在同事微信群里，有位同事的必杀技是诉苦，无论大小事他都喜欢抱怨一番。比如之前他因摔倒而住进了医院，同事们知道后，纷纷送上慰问，并抽空去医院看望，公司还送上了慰问金。但他好像觉得朋友们还不够重视他，于是在群里全程直播病情。有时吐槽医院的设备不佳，有时抱怨医生、护士照顾不周，有时抱怨久病床前无挚友。大家在群里目睹了他的惨况后，不及时送上慰问好像不近人情，于是大家在百忙中又纷纷送上了语音问候、表情包问候、文字问候，耽误了不少正事。

家家有本难念的经，人人都为三斗米疲于奔波，你无穷无尽地沉醉于诉苦中会加重别人的负担，会让人不知所措。等他回到工作岗位，继续抱怨自己倒霉，犯太岁才无缘无故摔倒之类。他这种喋喋不休式的轰炸，真让人吃不消，后来同事们也不太愿意跟他说话了，因为一说话他就启动诉苦模式，让人难以招架。

... 02

无限额诉苦的人，最没同理心，也最没教养。他们只在乎自己不吐不快，也不考虑别人有没有义务听他喋喋不休。

不喜诉苦的人，最懂得体面地跟过去告别，顾维钧的最后一位夫人严幼韵就是这样的人。活到一百一十二岁的她说长寿的秘密是："不锻炼，想吃多少黄油就吃多少黄油，不回首。"遇到倒霉事，她会自己安慰自己说："事情本来有可能更糟糕。"她是有教养的名门闺秀，即使在最不堪的岁月里，也始终保持体面。

当年她随外交官丈夫生活在菲律宾，有一晚她珍藏的首饰及家传之宝被盗窃，面对这样的事情，一般女人都会很郁闷，甚至会破口大骂，但她从没这样做过。朋友们觉得奇怪，于是问她："难道你不觉得难过吗？"她说："本来一切糟糕的事情都有可能发生，但我只丢了财物，我的生命、健康、家庭都无损。"

乐观豁达的个性支撑她渡过许多难关。就算后来的马尼拉沦陷，她得知丈夫被杀害，虽然内心极度悲痛，也只是在人后痛哭，极少在人前卖惨。那些跟她一样失去丈夫的外交官夫人就弱多了，她们惊恐崩溃，天天吵吵闹闹，怨天尤人。而她却在最苦难时带领外交官太太们养鸡和猪，还学会制造酱油和肥皂来改善生活。

体面的女人，从不轻易在别人面前诉苦，这是维持尊严的最后一道防线。

... 03

蔡康永在《奇葩说》里说："人和人的关系，如果超过了那个分寸，就叫添麻烦。"

其实，任何诉苦，超越了分寸都令人尴尬。

记得某年大学暑假我曾在一家西餐厅做兼职，跟我一起做兼职的还有位女生。第一天跟她见面，我连她名字都还没记住，她就开始向我诉说她感情的不顺。她说她男朋友很花心，平日常背着她追其他女孩子。可是她又放不下他，而且她父母也不是很喜欢他。她本身家里也很穷，父母希望她能找一个更有潜力的男朋友，她问我怎么办。我一脸诧异，我跟她认识不久，也不是很了解她的家庭背景，一开始就问我如此高难度的问题，我如何能招架住？这让我很为难。我只能安慰她两句，就走开了。

诉苦切忌交浅言深，如果人家跟你还没有那么深厚的交情，你的一腔热情只会显得你很没教养。

… 04

体面的人从来都会在人前自重。也许她内心早已悲伤得不能自已，但表现出来的也只是淡淡的微笑，从没怨天怨地。人生在世，谁不是在历劫？人间没有单纯的快乐，快乐总夹带着烦恼和忧虑。

如果要诉苦，的确有太多的苦不吐不快，但诉苦不能成为你人生中的主旋律，有些苦，注定只能自己往下咽。更何况体面的人，怎么忍心在人前毁掉自己的形象呢？

有时我们以为吐槽可以让自己好过一点，但这只是自欺欺人而已。遇到难题如果不勇敢面对，情绪只会像痔疮一样，时不时发作一次。更可怕的是当你沦为怨妇时，亲戚、朋友、配偶都只能对你敬而远之。

如果你心里很苦，也请只允许自己吐槽十分钟，十分钟后又是一条好汉。难熬时，不妨让自己多看书、看电影、运动、喝茶、烹饪、工作，动起来才是替代诉苦的良药。

在《我的前半生》中，女主角子君的丈夫出了轨，她喝醉后去找好友唐晶诉苦。

唐晶说："你醉了。"

子君问："醉了又如何？"

"不怎么样，明天还得爬起来上班。"女强人唐晶淡定地说。

体面的姑娘，她们即使倒在生活的血泊里，第二天依然能爬起来冲锋陷阵，但愿你也一样。

看你对弱势人的态度，就知道你的人品

... 01

我们评价一个人有修养，很喜欢用的一个词叫“知书识礼”。在我们眼里，知书和识礼应该是顺承关系，读的书多了自然会更懂礼貌、更有教养。可是在现实生活里，这并非是必然的，读书少的人也有懂礼节的，读书多的人也可能是斯文败类。所以，读书多少并不是判断一个人人品的试金石。

我觉得真正检验一个人的人品，是看他对弱势人的态度。

多年前我曾在一所外国语学校当老师，某个学期我负责接待了一组外省学校的考察团，他们的行程住宿、伙食由我全权负责。虽然考察团里大多数人都为人师表，但有些人的人品却令人不敢恭维。

记得当时我带着他们到酒店check-in（办理入住手续），因为适逢周末，酒店爆满，很多人在排队。大概排了二十分钟，进度还是很缓慢，其中一位颇为斯文的老师突然很不耐烦，他冲上柜台跟酒店服务人员大声理论，说他们手脚太慢，浪费客人时间。虽然被骂，但是酒店的服务生还是表现得很有耐心和礼貌，不断低声向这位老师解释，大概过了几分钟才让他息怒。经他这一闹，后面排队的人等的时间更长了，真是害人害己。其实服务生的速度并不慢，但因为人实在太多了，而且他要逐个核对住客身份，双方都很不容易。而这位老师在大厅的粗暴质问有点欠缺教养和同理心。

有些人平常看起来文质彬彬，对人十分有礼貌，但是一遇到好欺负的服务人员就颐指气使，以为自己身处优越阶层，常常以高姿态欺压那些服务人员。这样的人无论平常表现得多有教养，都无法弥补他内心粗俗的一面。

... 02

我曾经上过一节叫《职场女性的素养修炼》课程，讲课的是一位女老师，课讲得特别好。后来经别人介绍，我有幸跟她一起吃饭。没跟她吃饭前，我觉得她优雅大方，跟她吃完饭后，我就更加佩服她了。

当时我们一起去吃客家菜，聊到高潮时，一位服务员可能是新手的原因，不小心把热茶倒歪了，倒在了女老师的大腿处，女老师条件反射“啊”地叫了一声。服务生惊慌失措，连忙道歉。三十秒后女老师冷静下来，整理好衣服后对服务生说：“没事，你别慌，我不会投诉你的。”我永远记得服务生感激又内疚的表情，真为女老师的大气和人品点赞，她如果投诉也没做错什么，但是她知道这个看起来才十几岁的服务员肯定是新手，年纪轻轻就出来做事，家境肯定不算好，一个简单的投诉，很可能会让对方丢失一份工作。

因为目睹了她对服务员的态度，我更加笃定她是个好人，她的人品配得上她所讲的素养课程。

这件事勾起了我大学期间曾经在餐馆做服务员的回忆。当时第一次做端茶送水以及点菜的工作，没什么经验，心情很紧张。记得当时我帮一位客人泡了一壶普洱茶，但因为我从没帮客人斟茶递水过，战战兢兢，于是很不小心地把一杯普洱茶倒在一位拿着名牌包包的阔太的腿上。她顿时怒发冲冠，把我骂了一顿，说我是不是瞎了，然后她还投诉给经理，经理又骂了我一下午。

原来世界上并不是人人都能体谅别人，而且有些人对于那些不如他的人骂得更凶，得理但从不饶人。无论他们怎么有钱有势，面对不如他们的人时，凶相就原形毕露。

... 03

一位曾经到日本旅行的朋友回来说，日本人的服务真是太棒了。

她说日本的服务员对所有顾客的服务都是平等的，不论你是平民还是土豪，只要一走进店里，服务员就会笑容满面地对顾客鞠躬并打招呼。比如她到一个品牌店买鞋子，店员会跪地帮她换鞋，非常贴心，外面下雨，店里还会为客人准备雨伞。不分身份的高低，这家店会让所有人都能感到宾至如归，不管他们是否有钱，这是最高级的服务。

... 04

我曾经见过一个领导，每次与公司高层们开会，他脸上总是堆满笑容，拿着小本儿在下面认认真真做记录，生怕记漏一个字。但是当他回到自己的部门，脸色立马乌云密布。同事甲做错一点小事儿就被骂得狗血喷头，同事乙因为要经常请假做孕检，就被他各种刁难，同事丙什么事都没做错也会被教育几句。领导要在下属面前展示权威当然可以，但在对上与对下中表现出两张截然不同的嘴脸确实让人心寒。

所以在我眼里检验一个领导好不好，不是看他怎么对待上级，而是要看他怎么对待下级。

今年是戴安娜王妃逝世的二十周年，世界各地都在用不同的形式纪念她，这位人民的王妃即使离开了二十载，大家仍然忘不了她高贵的人格。虽出身于贵族，但她从没有摆出高高在上的姿态，永远亲切腼腆，她拥抱艾滋病人，和麻风病人握手，把在灾难中断了腿的非洲儿童抱在腿上，一点儿没有显示出自己是上等人的气派，反而给予平民百姓平等温暖的人间大爱。

一个人的高贵不在于穿了什么名牌，而在于他对待身份、地位低于他的人的态度。

虽说在文明的社会里，人人生而平等，但其实我们因为阶层的不同，每时每刻都有可能得不到公平的待遇，有时甚至被无故地刁难。尽管如此，那些在任何场合都能以平等态度对待别人，用同理心对待弱势群体的人，才真正值得点赞和学习。

漂亮女孩你在怕什么？

… 01

好多小伙伴曾说：“我的灵魂是独立自由的！”可是你的独立自由体现在哪里？连让你自己做个抉择也吓尿了的样子，还谈什么独立！扭扭捏捏，拖泥带水，仿佛选择错了，人生就完蛋了似的。

存在主义先驱克尔凯郭尔说过，只有选择才能体现自己的存在。按这样的标准，不知道有多少人要怀疑自己有没有存在过呢？

其实唯命是从的人生挺好混的，不用思考，不用挣扎，不用承担高风险，只是没有了自我而已，如果你是一个不在乎自我的人，过随波逐流的日子也没什么不好。但如果你是个没有追求会死，在乎人生意义的人，那随波逐流简直是慢性自杀，你应该大胆为自己的人生做出选择，就算选错，大不了从头来过，总比浑浑噩噩的胆小鬼活得有血有肉吧。

曾经被一种女孩“萌”哭了，你问她关于某件事的决定，甚至微小到决定买不买一件衣服时，她都会怯怯地说“我要回去问妈妈”。母亲好比是上帝，任何选择都是对的，你可以安心地听她发号施令，当一个乖宝宝。这种女孩，灵魂赶不上她的美貌和学历。

记得一年前，部门来了一个刚毕业的大学生，女孩儿漂漂亮亮的，一副腼腆的样子。她的岗位是平面设计，头脑灵活，挺有天分和创意，女孩儿做的设计图也备受上司认可，其实对于设计她是很感兴趣的，再认真打磨一下前途一片光明。但不知为何，不到两个月她就要辞职回她那三线城市的老家，我问她为什么要回去，其实在那样的地方很难找到这么大的平台让她发挥。她说，她要辞职回家考公务员了，这是父母一直以来的心愿。

我问她：“那你喜欢这样的安排吗？”她摇摇头说：“也没有办法呀，父母也是为我好，虽然我挺喜欢这份工作的，但我还是会听父母的话，担心将来会后悔。”

不知为何，她会觉得父母是对的，而自己是错的，我问：“那你就这样放弃自己的兴趣，从事一份你并不喜欢的工作？”她沉默无语。

对于很多父母而言，子女不考公务员，感觉就像输了整个人生似的。然后，很多胆小鬼明明知道自己并不适合当公务员，也要遵循父母的意愿，让自己成为傀儡，让本应该由自己掌控的幸福活生生地断送在别人的手里。

这样的人生是多么单一的选择呀。

... 02

如果你从来都不敢遵从自己的内心去选择，而是听候别人的安排，你的人生如何谈得上多彩多态？放弃选择权的人没有资格谈人生。

前不久，在央视看了一档综艺节目，一个女孩儿讲述了她苦尽甘来的爱情故事。她说她选择的男朋友让她父母非常气愤，严重警告她赶紧分手，因为那个男孩儿的家境实在太寒酸了，穷得叮当响。父母也介绍了一些条件很不错的男孩儿给她，可是她还是很爱那个男孩儿，因为他吃苦耐劳、勤俭节约，对她也呵护备至，缺点只是没有多少钱。他们俩一直想打动女方的父母，心疼女儿的父母甚至发狠话说，如果他们俩在一起就和她断绝关系，可他们还是决定在一起。因为女孩儿说，钱可以一起努力挣，但是对的人不是时时都有。

后来女方父母做出让步说：“你们在一起也行，但是你们得能在这个城市买房。”为了买房，他们俩开启了四年的摆地摊生活，连除夕的晚饭都是在地摊上吃的。女孩儿父母认为摆地摊实在太丢脸了，也从来不敢在亲戚朋友面前谈起女儿的职业。现在，他们结婚了，房子买了，儿子上幼儿园了，还拥有了自己的实体店，老公非常疼爱她，幸福的气息扑面而来。

在节目中，当主持人为她的眼光点赞时，她感慨万千，但并没有后悔自己的选择。既然选择了自己喜欢的，就要为之付出努力和代价。反之，她非常感激父母施加的压力，要不他们也不会为了爱奋发图强，争取自己的幸福。

那些每当父母投反对票就吓得抖三抖的人，还有什么资格说追求幸福。这位女孩儿向她父母证明了她是独立的，她完全有能力承担自己选择的结果。

当然，如果你连吃喝拉撒都需要父母管，那自然也无法谈独立选择了。

... 03

有些父母义正词严地说在大学不能谈恋爱，然后很多女孩子真的听了，就算是真爱也不敢去爱，以为大学毕业就会有很多追求者，可惜真相太残酷了，如今还在父母的安排下，开展多场相亲大会。

我们常常羡慕别人的生活，妒忌别人的幸福。可是你有没有坚定过自己的选择，并为之努力，证明给反对你的人看。希拉里的传记《艰难抉择》，叙述了她一生中所做出的一百多次决断、选择、取舍和行动。以果敢、强硬著称的希拉里，在面对婚姻、政治抉择时也会有艰难的时候。但强人与我们不同的是，无论这个选择有多么难，他们都不会逃避，勇敢地选出自己认为对的答案。当克林顿卷入莱温斯基的性丑闻时，全世界的报纸媒体都在等着他们离婚的消息。让狗仔失望的是，她选择原谅，以及让时间慢慢地吞噬这段痛苦的时光。有人说，希拉里太有野心了，克林顿丢尽了她的脸，仍死活不离婚，就是为了借助丈夫的光环让自己的政治生涯更有前途。不排除这个可能，但是她有勇气的地方，在于她并没有被全世界人民的道德观绑架，她只是理智地遵从自己内心的选择而已，无关道德。

2014年希拉里在接受BBC的采访，回顾当年的莱温斯基事件时说：“原谅是一种选择，我完全尊重那些没有选择原谅的人，不管他们是出于什么原因，但对我来说，这绝对是正确的选择。这件事相当困难，但每一天我都为我曾经的选择而感恩。”就算被问到如何看待莱温斯基时，她仍然大方地祝福对方。很多人笑她没有捍卫自己的尊严，可是相比起尊严，她遵从内心的想法要重要得多。现在快七十岁的她仍然在为自己的政治生涯冲刺，一度成为下一届总统的大热，而婚姻也总算回归了平静。现在这种状态，不正是她当初咬牙做出选择的理想结果吗？

黄霑填词的歌曲《问我》中有几句词我特别喜欢：“无论我有百般对，或者千般错，全心去承受结果，面对世界一切，哪怕会如何，全心保存真的我。问我得失有几多，其实得失不必清楚，我但求能够一一去数清楚，愿我一生去到终结，无论历经几许风波，我仍然能够讲一声，我是我。”

如果你从没为自己的人生做过选择，就等于你从来没为自己活过，那你还是你吗？我们羡慕别人的好工作，嫉妒别人的幸福生活，恨一切我们一辈子只能眼红的东西，可是所有光鲜的背后，饱含的都是别人当初咬着牙坚忍选择的泪水。而你，连选择都不敢，居然还好意思说“我要过上更好的日子”，或者唯唯诺诺的你只配羡慕嫉妒恨罢了。

你有种，世界才会给你一席之地

... 01

人在江湖，难免会遇上几个八字跟你不合的人，不时对你露出蒙娜丽莎般谜一样的微笑。

曾有个妹子泪眼蒙眬地和我说：“公司里有个极品，工作效率低得可怕，视责任为狗屁，认功劳一马当先，居然还是个空前绝后的八卦精，真想调部门远离他！”

看着她愤愤不平的小脸，我想起了当年的自己，以前我一遇见“坏人”也只懂默默流泪，或偷偷痛骂那些人。可当我在职场上工作几年后发现，真正优秀且成熟稳重的人，根本没什么能影响到他们的喜怒哀乐。

... 02

李敖在《活着你就得有种》里有句话：“你有种，世界才会给你一席之地。”把自己看不顺眼的人一个手掌压在五指山下，让他们鬼哭狼嚎，这样的画面想想都觉得美好！可在此之前你必须要学会隐忍。

我从不主张一个职场小白一遇到跟自己气场不合的人就横眉冷对，业绩平平还这么任性，一看就是情商告急。所以对抗看不顺眼的人不是破口大骂，正面冲突只会让自己的人品下滑，而是要懂得在隐忍中让自己成长起来。我朋友欢欢就是其中的佼佼者，作为医护人员，她每天奔走在ICU（重症加强护理病房）的高压场景里，工作深得领导欢心和家属认可，每次有进修学习的机会，领导总会第一个想到她。因为工作出色，她不小心遭到了单位几个女生的嫉妒和排挤，冷嘲热讽此起彼伏，在工作上对她实施“三不”政策：不配合、不帮忙、不主动。而且“难啃的骨头”全部给她，苦况可想而知。

有一次她打电话跟我说：“你知道吗，今天早上刚抢救完一个病人，很累，回到科室一位资深的女同事很不满地质问我，说凭什么我的资历比她低，上个季度的绩效评估却比她高，很不公平！然后一整天都没好脸色给我看，不间断地对我指桑骂槐，而其余几个女同事也在旁边附和着。”

我问她：“那你有反驳吗？”

欢欢说：“没时间反驳啊，下午还有五六个病人等着我呢，更何况我希望我的时间能花在提高专业度和临床经验上，而不是花在斤斤计较上。专业度提高了，才能封住别人的嘴。”

我为她抱不平，多少个夜晚她通宵值班，却毫无怨言，别人聊八卦，她在总结临床案例，成绩有目共睹。

无能者自己不努力却喜欢妒忌别人。如果你在意他们的闲言闲语而萎靡不振就中计了。就像我同学欢欢，当她面对那些妒忌心超标、处处为难她的同事时，她的处理方式不是吵架，而是花更多的时间提高自己的专业水平，尽快证明自己的能力，让她们没机会成为自己的对手。

就像王安石的那首诗：不畏浮云遮望眼，只缘身在最高层。今年她告诉我单位提名她去读的医学护理在职硕士毕业了，科室马上就要升她的职了，她将会有独立的办公室，那些资深的是非精，估计只能像苍蝇一样，被拍死在她的玻璃门外了。

... 03

有时候看一个人越讨厌，就越容易对他们有偏见，如非必要的接触，否则绝不伸出友谊之手，最好下班后各走各路。所以我们从来没有好好了解过他们的喜怒哀乐。可是往往好好了解他们之后，就能在职场中与他们和平共处，还能学到提升工作效率的秘籍。

以前我的团队里有位男生，孤僻、冷漠、自私，同事们对他的评价都是“偏执型人格”。而我偏偏在工作上与他有很多交接，他的风格真的让我气得冒烟，我尝试过对他不理不睬，冷战长达三天。后来发现如此下去太耽误工作了，还不如我主动出击。

心理学上说，人格的形成跟他童年有很大的关系。于是我主动跟他聊天沟通，八卦他的成长经历，关心他的近况。每个人的背后都有难言之隐，他也特别不容易。因为那次深度的沟通，我突然对他多了一份理解，厌恶也少了一些，工作进展也顺了很多。

张爱玲说：如果你认识从前的我，一定会原谅现在的我。一个讨厌鬼也有他前世今生的轨迹，把这些轨迹摸清了，或许你内心会多一点宽容。

最近在看高阳的《慈禧传》，发现兰儿在成为慈禧之前，一直很懂得借势。就算很想砍对方的脑袋，但如果那人对大局有利，她就绝对能宽容；就算对方一直在超越她容忍的底线，如果对方还能创造价值，她也绝对不会撕破脸皮。

所以马克思说得对：看事物要用唯物辩证法一分为二，就算遇到讨厌的人，也要学会欣赏其闪光点。

说说我以前的女魔头上司吧，她的情绪变化多端，没多少人喜欢她，包括我。虽然我不喜欢她，但是我还是会死心塌地在她手下干活，因为她的工作能力确实让我很钦佩，从她身上我能学到很多有用的技能。所以我常常一边忍受她的坏脾气，一边当牛做马，对于这种情绪化的物种，一定要训练自己的心脏，不能因为被骂几句就喊着说要辞职。

牛的人通常都会有点脾气，对于职场小白来说，被骂不见得是坏事。面对那些又牛又讨厌的人，我会本着学习的心态忍受他们，因为他们身上确实有值得学习的优点。所以，我从来不会因为讨厌同事或者上司而义愤填膺地辞职，报复他们的最好方式就是把他们的优点转移到自己身上。

... 04

或许当你非常讨厌一个人，他完全超出你内心接纳的底线时，可以学学张爱玲，把这个人屏蔽掉。只要能让自己的心情好些，为什么不能让讨厌鬼有多远就滚多远?

讨厌的人是不以我们的意志为转移的，是根本无法杜绝的，但我们不能因为这样而郁郁寡欢，影响自己的心情，丧失对生活的热爱。反之，我们更需要调整好自己的心态，保持健硕的体魄，让自己有气有力地抗争到底，终有一天身在最高层的你，会不屑与他们为伍。

当然，愿你此生少遇坏人，多遇贵人，心情愉快，拥有不想见谁就拉黑谁的任性和勇气。

后天美女从不敷衍自己

... 01

周末写完一篇稿子，发现额头长了几个包，眼角有下垂的征兆，吓得我立马放下手头工作，拎起包包往之前办了VIP卡的美容院跑。美容院的妹子态度极好，她们让我躺在美容床上，用中指和食指肚纯熟地按摩我的太阳穴，接着一边用无名指熏上眼部精华在我的眼肚和眼尾打圈圈，一边用温柔的口吻问我："你究竟有多久没细致保养了，你的后颈部长出了很多细小的粉刺，头发也很毛躁。"

以前我每次来做护理，她们都表扬我皮肤白嫩，虽然我并非天生丽质，但靠后天勤奋补救的颜值还是让我挺骄傲的。但最近因为太忙而懒于护肤，差点让我回到从前，真是心有余悸。近日在护肤上一不小心就放松了，以前天天敷面膜，现在一周才让自己享受一次，以前我梳头发动作慢悠悠，从头顶梳到发尾，一天大概也会打理二三十次，而现在如果不用上班，我几乎草草梳理一下，就蓬头垢脸地开始写稿。

不用心收拾自己的人，连日常生活也跟着变得邋遢起来。这周当我痛定思痛重新整顿自己时，精气神好不容易才回来一半，看来想要时刻又美又自信，就别随便任性。

我见过的那些后天美女，个个都是护肤小能手。我最佩服一位大学舍友对容貌的用心打理，她并不是我们宿舍里五官长得最好看的，但却靠着后天的努力，让她白嫩的皮肤在我们宿舍独领风骚。大一军训，我们个个都晒成了包青天，她也不例外，但不到半个月，她就把自己变白了，而我们其余几个人还在变白的路上。我当时观察过她的变美变白过程，她的护肤方法真的比我们用心多了：早上她会喝一大杯青柠蜂蜜水，排毒又美白；晚上会选择喝牛奶，促进睡眠又美白；出门时无论天气怎样都会涂防晒霜，她说防止了紫外线就成功了一半；她每天都会敷面膜，因为学生没有多少钱，就买屈臣氏里十块钱一张的面膜；她还会买一些原始材料回来自制面膜，比如把切薄的青瓜往脸上敷，或者买一瓶纯牛奶，喝剩下的用来做牛奶面膜，敷完脸部敷颈部。她每天从起床到睡觉前都会郑重其事地完成每一个细小的护肤动作，绝不敷衍。比较之下，我们三天打鱼两天晒网的护肤习惯简直弱爆了，所以大学四年她的皮肤一直都很好。

最怕那种天天喊着要变美变瘦，但在管理皮肤和身材上却自暴自弃的人，比如有位舍友身材已经胖到让自己忍无可忍了，但是面对美食，她会自我安慰说，吃饱了才有力气减肥，于是就一直胖着。

想要变成后天美女，喊口号并不能让你梦想成真。相反在护肤上注重细节的人，让变美成为一种习惯的人，才最有可能突围而出，心想事成，美成自己喜欢的样子。

... 02

我有个怪癖，跟别人互动时，第一眼不是盯着别人的眼睛看，而是盯着别人的手看，尤其是女性的手。因为手最能说明她是不是个懂得护理、生活精致的女人。

有一次跟一位长辈见面，我们在酒楼吃饭，整个过程中，我被她光滑柔嫩的手指深深吸引。她已经是将近七十岁的人了，但是双手却保养得极好，完全没青筋、没斑点、没横纹，涂着浅白色指甲油的手指在灯光下显得更加白嫩，让我都不好意思把自己的手伸出来。她的头发明显经过精心打理，脸部没老人斑、没皱纹，夸张到连额头纹也没一条，只有眼角有几条鱼尾纹。长辈年轻时并不算美女，但却越老越有味道。她在事业上奋斗了一辈子，现在是一家公司的董事长，平日管理着数千员工，日理万机，但是她脸色一点都不憔悴，反而神采奕奕。

好想窥探她的保养秘籍，但是在席上又不好意思问，后来中途我俩上洗手间我才略知一二。只见她洗完手，用纸巾擦干后，立马从包包里掏出护手霜，细细地抹完左手抹右手，连指甲边缘的地方都认真地涂抹。我趁着她补妆的时候，赶紧夸她保养得好。

她很开心地说，平常无论多忙都会做保养和煲汤，各种调理身体的汤汤水水轮番上阵，比如疲劳时会炖牛奶燕窝汤，熬夜后一定会煲花胶鸡汤，冬天煲温补的汤、夏天煲清热的汤，一年四季都有不同的食疗方法。虽然她现在岁数挺大，但对保养、护肤的追求依然是高标准，就像她对待事业的态度一样，每次见客户都会妆容精致，大方得体，让人觉得备受尊重。

... 03

从内而外对自己不敷衍的人，才最有资格美到长命百岁。

最近准备采访《EllE世界时装之苑》的总编晓雪女士，边做她的功课边惊叹，原来她不仅对时尚有独到的见解，在保养护肤方面也是佼佼者。

难怪洪晃第一次到晓雪家与她见面时就说，晓雪五官绝对谈不上漂亮，但能把自己收拾得如此精致的女人，一定能把她的杂志办好。于是她放心大胆地将中国一本最顶尖的时尚刊物交给了当时无时尚从业经验的晓雪。

舍得在自己身上花时间精心保养的女人，别人是看在眼里的，有智慧又有美貌的女人，人见人爱。

晓雪在博客里说，她的皮肤真正好起来是三十岁后，书里透露了很多她的保养细节，比如：为了保湿，她每天都会喝十杯水以上；她喜欢在包包里随身携带保湿喷雾，这是急救皮肤的好办法。她的电脑附近和寝室都会安装加湿器，让自己每天都沉浸在湿润的温柔乡里。她还谈到一个护肤秘诀，她说换季要记得换护肤品，她每个季度都会更新梳妆台，而且地理环境的不同，她护肤的方式也不同。想想我自己一年三百六十五天都在用同一种护肤品也是相当惭愧。她还说，她无论去到哪里，面膜天天都敷，防晒日日都做。

三十岁后快马加鞭地保养也不会迟，苦心人天不负，尤其在护肤这件事上。佩服晓雪的护肤之道，更欣赏她对自己精心打理的态度，就如她打理时尚杂志一样的一丝不苟。前半生的美貌靠基因，后半生的美貌靠自己。千万别低估那些在后半生容貌逆袭的女子，她们分分钟有能力把自己的命运也逆转。那些从不敢敷衍自己容貌的后天美女，她们也不会敷衍自己的命运，在一步步精心打理自己身体发肤的同时，她们的人生也会顺风顺水。

在我看来，后天美女最配得上“美貌与智慧并重”的夸奖，因为在后天有能力变美的女生，她们从皮囊到思想都具有自律的信念。在我眼里，终生美丽并不是属于天生丽质的人，而是属于那些有智慧又有能力持之以恒变美的人。

就算有被富养的运气，
也得有扛得住事的能力

… 01

之前看到晚睡姐姐的一篇文章，讲了1987版《红楼梦》晴雯的扮演者安雯在现实中的命运，越看越唏嘘。

安雯在现实中嫁给了中国著名作曲家苏越，苏越爱她很深，含在嘴里怕化了，捧在手里怕摔了。他包揽了她生活中的一切，她想抽烟，就算下刀子他也会到外面买；吃饭时，哪怕两盒便当，苏越也一定会先问安雯爱吃哪个，老婆不要的他才吃。她被宠溺得像个少女一样，她活在他为她打造的富贵温柔乡里。人到中年仍然是个不谙世事的小女孩，连到银行取款这些基本生活技能都没有。她完全跟这个社会脱轨了。后来苏越因为伪造合同，诈骗巨款被判了重刑，失去了支柱的安雯一下子从天堂跌落人间，向朋友们求助却得不到任何回应。她把自己家的房子、车子都卖了还是填不了这个坑，心高气傲的她受尽了人情冷暖的折磨，她天天哭，哭坏了眼睛，最难过的时候想过跳楼。她在微博里透露心声说：“苏越，你干吗要这么爱我宠我二十三年？干吗不永远抓住我的手？你把我一直保护得像婴儿一样，让我完全不能独自面对这个世界。”

他对她的宠溺，也是对她的残忍，一个人就算再爱你也无法与你永远同在。

我们都渴望有人能无限地宠爱自己，一旦遇到这样的人，很多人就会毫无防范地成为一个依赖症患者，以前练就的武功好像一夜间被废了。就像我一个朋友说，自从谈恋爱以后，跟男朋友出去连路都不会走了，分不清东南西北，因为她习惯了被他牵着走，已经没有了方向感。

这是危险的信号，我们当然希望爱人待我们如珠如宝，但也要保持基本的独立能力，即使没有他，你也要能自力更生。人有旦夕祸福，风雨飘摇时，有自救的能力，才不会方寸大乱。我们可以享受宠爱，但也别忘记在残酷的人间里修炼生存的技能。就算有人富养你的生活，也别丢了独立的能力。

... 02

我一位同学的爸爸前两年被诊断为肠癌第二期，幸亏发现得早，经过手术和化疗康复得很好，但同时家里的积蓄也花光了。从小被富养的她，一人吃饱全家不饿。工资不够花，父母继续打赏零钱，如今父亲倒下了，家里主要的经济来源就断了。有次她打电话向亲戚借钱，都还没讲完父亲的病情，对方已经知道了来意，赶紧转口说自己最近炒股亏钱，生活艰难等托词。她突然有种家道中落的凄凉感，从前自己是备受宠溺的小公主，现在成了低声下气的乞求者。她终于明白什么叫“树倒猢狲散”，一夜之间，她成长了许多。

她以前不在乎钱，觉得做“月光族”是对国家GDP最大的贡献。她现在视钱如命，曾一个月打三份工，就为了能让父亲享受更好的医疗服务。她以前十指不沾阳春水，现在对中药的研究出神入化，煲汤调理十分精通。她说，自己一直以来都在享受父母的宠爱，根本不知生活的艰难。但这次因父亲的病，向亲戚朋友们借钱才知道，原来人情比纸还薄，靠得住的人寥寥无几。

笑，全世界陪你笑；哭，你便只能独自哭。有时人要遇到三灾六难，才会有这番大彻大悟。她现在的事业干得不错，丰衣足食，也有钱让父亲调理身体。虽然父亲这次得病是不幸，但不幸中的万幸是这件事发生在她还可以去努力的年纪，她有资本去跟命运抗争，能够在天真里逐渐苏醒。

我们从小被父母富养当然幸福，但千万别让自己在富养中不谙世事，不思进取。否则，大难临头时，只有眼泪陪你过夜。

... 03

波伏娃曾有句名言说：女人的不幸在于被几乎不可抗拒的诱惑包围着，她不被要求奋发向上，只被鼓励滑下去到达极乐。

当她发现自己被海市蜃楼愚弄时，已经为时太晚了，她的力量在失败的冒险中已被耗尽。我深以为然，我们女人最容易被宠溺冲昏头脑，在蜜糖罐里浸泡的生活当然醉生梦死，可是一旦被命运逼迫离开这个蜜糖氧气罩，你有可能第一个因缺氧而窒息。有时候一个人心甘情愿被过度保护，就等于自断羽翼。

但愿你有被富养的运气，也有冲锋陷阵、扛得住事的能力。

对自己的事亲力亲为并且负责，这才是独立的标志

... 01

《权力的游戏》中有一幕：临冬城公爵艾德·史塔克与儿子们在返城的路上，意外发现了出生不久就失去母亲的六只冰原狼崽，艾德·史塔克允许孩子们每人分得一只作为宠物，但条件是孩子们自己养的狼要自己喂养，若它们死了也要亲自埋葬，不能假手于人。这段他与孩子的对白，一直让我印象深刻。

这大概也是西方父母对孩子教育的缩影：对于自己的事能够亲力亲为并承担责任，这才是独立的标志。

史塔克家的子女谨记父亲的教诲，个个独立坚强而有责任心，遇到各种危险都勇往直前，即使后来艾德被砍头，子女们也没有溃

不成军，而是一步步整顿实力，收复失地，争回家族的荣耀，大概艾德泉下有知也会深感安慰吧。

在我看来，子女能够为自己的事负责，有独立品格，才是父母最好的定心丸，也是最大的孝顺。

… 02

那些认为被父母管得太多的人，事实上是因为他们从来没把自己的事管好过，所以才会一直让父母陷入时时为他操心的旋涡里。

我从十三岁起就在学校寄宿了六年，当时学校的规矩是周一到周五都不能外出，自己的事要自己做，但每周四家长都可以进校看望子女。在这所严格的校园里，我和很多同学都学会了自己洗衣服、叠被子、挂蚊帐、排队打饭。但班里有位同学很会偷懒，她总是把周一到周三的脏衣服打包好，等她妈妈周四家长日过来的时候帮她洗，周四到周五的衣服再打包回家给她妈妈洗。那时候学校没有洗衣机，每周四的下午我总能在宿舍的洗衣间里看见她妈妈帮她洗脏衣服的背影，别人家的妈妈都是跟子女在校园散散步、聊家常，而她妈妈却在辛苦地忙碌着。

为人子女最大的不孝，大概是让父母事事操心吧。

后来高考填志愿的时候，这位同学想报考外省的学校，但父母考虑到她的自理能力，极力要求她报本地的学校，说这样才比较安心。同学很反感父母的专制，觉得父母不给自己选择权。但在我的角度来看，她根本没资格抱怨，她要对父母的不安全感负责。

诚然，很多父母对子女照顾有加，怕他们不够独立，怕他们会吃苦，可是对于他们的“怕”，我们难道不应该反省吗？对自己的不负责也是对父母的不负责。

... 03

我有一位曾在银行坐柜台的朋友跟我说，每个月的月底都会有一位头发斑白的老太太过来帮她女儿还信用卡，每次还钱的数额也不低，大概八千元到一万元。

每次老太太还钱时都会坐在柜台前跟我朋友聊几句。老太太经常摇头叹气地说：“我女儿都三十多岁了，工作不稳定，还特喜欢刷信用卡买各种贵的化妆品、衣服、包包，各种吃喝玩乐，我每个星期都跟她吵架，每次欠的信用卡都得我帮她还。”老太太每次来还钱，神色都很落寞、悲伤，头发也越来越斑白了。其实她多次想过不帮女儿还债，但又于心不忍。

明明自己可以努力赚钱，买自己能力范围内的东西，为什么偏偏要选择啃老，这是“巨婴”才有的行为。

古时候喜欢说“不孝有三，无后为大”，可是我想说那些对自己不负责，专门蚕食父母钱财的人才是最不孝的。他们有手有脚却一生需要父母照顾，连父母的养老本都不放过，真是罪大恶极。

虽说父母心里会觉得“养儿一百岁，长忧九十九”，但是作为子女怎么能不负责任地让父母为你一直长忧呢？

... 04

去年我家隔壁换了一位新邻居，他刚从外地携家带口地来广州发展，于是买了我隔壁的房子，准备长期定居。

前半年他家装修，因为户型跟我家是一样的，于是我建议他天台的装修可以尽量简洁，这样打扫起来比较方便，因为我是吃过这方面的亏的，我每次打扫起来都像没了半条命。不料他回应我说在：“不怕，我家有老人在，他们会打扫得很干净的。”

我有点纳闷，本来打扫天台就要爬上爬下，极容易摔倒，他怎么忍心父母受苦受累呢？更何况他妻子一直在家没上班。以为跟老人住一起就可以把一切的家务丢给他们，把他们当成自己的免费劳动力，这也是一种不负责任。

邻居上一年生了二胎，带孩子的重任又落到了父母身上，我常常在小区看到老两口出来带孩子玩，一个推着婴儿车，一个拉着小孙女，孙女又跑得很快，老爷爷常追得满头大汗，有次小姑娘冲到路中间，老爷爷没追上，差点被车撞了，吓坏了旁人。

很多老人即使退休了也没办法颐养天年，因为子女有很多事要他们帮忙，本应子女承担的责任也落在了他们的头上。

邻居的妈妈有次在天台跟我聊天，她说希望自己像一楼的阿姨一样，跟老伴可以有个空闲的时间去旅行，但是现在根本离不开这个家，因为有太多事需要他们操心。

我不排除有很多父母以含饴弄孙为乐，但也有不少老人是因为子女的人力、物力不够，才被迫献出自己安享晚年的机会。

我们中很多人都喜欢依赖父母，就连自己生出的孩子也要父母负责，孝顺的子女从不希望父母为自己的事操心太多，因为他们会照顾好自己；孝顺的子女从不以为剥削父母是理所当然的，因为他们会感到羞耻；孝顺的子女从不会让父母干涉太多自己的事，因为他们清楚地知道自己的责任范围。

喜欢对自己负责的子女，他们会有一对快乐无忧的父母。

Chapter 3

无趣不可怕，怕你无知

终结颓废状态，
先从规律的生活方式开始

每次一个假期的结束之后，我们都要顶着假期综合征的痛楚回归职场或校园，开启正常生活。老实说，我觉得假期综合征比重感冒更难受，因为它不仅在肉体上折磨我们，在心理上也有种被生活迎头痛击的压抑。

坐在我旁边的同事说，开工的第一天就算收到老板的大红包，也消除不了那种生无可恋的感觉。她每分每秒都四肢无力头脑发昏，体内每个细胞都在叫嚣着不想上班，疲惫吞噬着她剩余的一点意志力。其中假期综合征的发病程度跟你假期里的规律程度是成正比的，越不规律的生活，发病越严重。同事说，她假期里基本半夜2点睡觉、早餐忽略，起床后直奔午餐，晚餐大鱼大肉，有时搓麻将还通宵达旦，作息黑白颠倒，白天睡不醒，晚上睡不着。这样的生活习惯，不仅让她胖了好几斤，还身体浮肿，脸色蜡黄，最严重的是她说话居然还自带口气，不吃口香糖都不好意思张嘴。这个假期真是害她不浅。

其实归根到底，我们的痛苦都来自不规律的生活方式。这种不规律就像内分泌失调一样，让我们生理和心理陷入混乱，当重新回归职场新生活时，工作日就会像受难日一样，度日如年。

为了应对年后的新生活，我们该如何调整我们的生活方式呢？

第一点，规律饮食才是健康的开端。

其实，规律和不规律的饮食方式，造就的是两种身体状态。我们的假期综合征有一半的病因是太放纵肠胃所致，连我们自律成精的梁爽妹子也在微信里说，因为新年太多美食诱惑，不分时段大开吃戒，拉了一天肚子，差点晕倒在厕所。胡吃海喝是对健康的最大隐患。人气营养学家范志红说，保养身体和皮肤的首要动作是，健康饮食。因为由内而外的健康肌肤和光润肤色，需要身体内部的健康作为支撑。

深以为然，在吃得油腻的假后，我们首先要给自己的肠胃排毒，开始养成规律、健康的饮食方式。

我从年初五开始，准备吃一周的素食清肠胃以及煲些靓汤滋润皮肤。早餐会选择喝陈皮白粥和瑶柱白粥。每顿饭只吃七分饱，多吃新鲜蔬菜、水果、稀饭等，有助于将胃口调整回正常状态。其实对于上班族最大的问题是，经常要在外点餐，会不小心吃得很油腻。我自己的点餐心得是，多点清蒸的菜单，不要点麻辣干炒之类的，我通常会点清蒸排骨或者鸡肉，然后来一份老火靓汤，吃得健康又有营养。

其实有条件的妹子，我建议大家自带盒饭去公司吃，卫生又健康，外面的菜始终会有过多热量和油腻的风险。我旁边的同事天天带盒饭，不知不觉瘦了几斤，这大概跟她杜绝外面地沟油，自制健康餐单有关。

健康的身体是吃出来的，假期过后，不妨让新生活从吃的蛛丝马迹里起航。

第二点，规律而充足的睡眠，是永不过时的生活方式。

我一位已婚已育的女友告诉我，如果小孩子每天都能有充足而规律的睡眠，就不会那么容易发脾气，性格也会更平和一些。其实大人更是如此，睡得不够，人会特别暴躁，做事也会心烦意乱。所以睡好觉是回归健康新生活的保障。

我一位女领导是冥想打坐的爱好者，她无论多忙，回到家洗刷完毕后都会冥想打坐片刻，调节呼吸，让身心恢复平静，然后再上床睡觉，每天都是如此规律。她的睡眠质量很好，所以她每天看起来都很精力充沛，脸额肌肤也比同龄人饱满。

睡眠规律充足的人，全身的肌肤都更有弹性，反之，睡眠不好的人，连脸蛋都是下垂的。

其实，该如何养成规律的睡眠呢，我来分享几点心得：调好闹钟，就算晚上睡得不够好，第二天闹钟一响，立马滚下床，绝不拖拉；睡前一小时调整好心情，不让自己有太多的情绪波动；神经容易焦虑和亢奋的人，可以睡前喝点牛奶、酸奶、金边玫瑰茶；晚餐吃半饱，不吃消夜；养成睡午觉的习惯，每天睡半小时午觉，皮肤更光泽，体力更容易恢复。

觉睡得好，女人不易老，新生活从睡好每一觉开始。

第三，规律锻炼，是永葆青春的撒手锏。

春节期间，我练就了一项技能，就是坐在沙发上全身不动，只是嘴动。而且我的嘴基本马不停蹄地日夜工作，一会嗑瓜子，一会剥开心果，不知不觉摄入了很多热量。前两天忍不住称了下体重，差点吓破胆，上班的心情变得更沉重了。是时候要把规律的锻炼提上日程了，要不无颜见江东父老了。

我决定每天都抽空做些有氧运动，比如快跑、游泳，可以帮助身体消耗一些能量，重新获得元气。其实再昂贵的补品都不如每天规律的运动。

我平常很喜欢看郑秀文的微博，她常在微博里记录自己运动的日常，虽然已四十多岁，但她依然有绷紧的少女肌，这跟她天天坚持运动分不开。因为运动才能促进血液循环，为皮肤输送更多的养分和氧气，让肌肉紧实，避免脸部下垂，皮肤松弛。身材紧致的女人，就算穿普通的衣服和用平价包包也能光彩照人。

节后，规律的运动才是颜值的救星。我们不妨先做些放松的训练，比如听轻松音乐练瑜伽，做四十钟的椭圆机，饭后散散步，做做家务，这些都是不错的运动体验。

“美女不是一天炼成的”，当你想要规律，想要整理自己的生活时，就要从规律的运动开始。

第四，规律学习，才是真正的不老药。

在假期里，你究竟多久没看书学习了？我个人觉得要消除假期综合征，就要从早点恢复规律的学习开始。

我在上班前三天，就开始制定工作计划和学习计划了，这让我的心理状态能提前为上班做准备，降低焦虑感。

有时候，我们虽然人在上班，但心思还在夜夜笙歌的生活方式里，导致我们常有不适应现实的压抑感。但我发现，只要你早点回归到学习的状态里，立马就精神饱满，那种冲锋陷阵的干劲很快就俘虏你全身。

规律的学习，要从制定规律的学习计划开始，比如每周要看几本书，几部电影，看哪些业务的专业书籍，学习什么付费课程等。然后为自己制定严密的执行计划，一步一个脚印来做，当你把学习的成果一个个做下来后，自己的智慧又涨了一圈，生活又焕发了青春。

规律的生活才是健康的基石，在新的一年里，愿你我从头来过，不焦虑、不浮躁，把生活方式打开成你最欢喜的模式。

年轻人式油腻：
表面无所事事，内心焦灼不安

... 01

最近有新闻说，一位杭州女白领患了一种无可救药的怪病，她很害怕，于是赶紧去看医生。白领跟医生说，她每天都昏昏沉沉，怎么都睡不醒，毫无上班的动力。

虽然中医诊断说，她大概是气血不畅才导致此“怪病”，用当归、柴胡给她做药引，过了一周病情出现了好转。但我从她口述的细枝末节里发现，她主要的病症还是在于无所事事而衍生的焦灼感。她上完班回家就躺着，不运动，气血两亏严重，身体越来越差，内心越发焦灼。她不注意养生，身体透支过度，越发焦虑。就算中医给她开再多的灵丹妙药，若不改掉无所事事的毛病，依然是治标不治本。

说实话，无所事事很可怕，似乎比地球引力更具永恒能量，让人一直消沉下去，直到你成为碌碌无为的油腻大龄女青年。

无所事事时，我会一边享乐一边如坐针毡，良心被一次次地拷问。无所事事带给我的快乐，根本抵消不了我对自己无所事事的谴责。而且随着偷懒的日子变长，我的身体越来越差，肥肉野蛮增长，连斗志也消沉得一塌糊涂。

原来越无所事事，心情越差，如果说人的一切痛苦本质上都是对自己无能的愤怒，那么无所事事就是对自己无能的逃避。

... 02

最近很多文章都在教育大家如何不成为一个油腻的中年人，别觉得这件事跟你无关。年纪轻轻的我们也要注意前方高能的信号：一旦你成了一个无所事事的年轻人，油腻迟早会成为你的门面。

在我看来，无所事事的人最容易产生变得“油腻”。因为懒惰，我们的心情会更加焦灼，掉头发、身材变形就是躲不开的阴影。

一位朋友跟我说：“懒惰病来如山倒，懒惰病去如抽丝。”每次懒惰后她要付出的代价是提前的“中年焦虑”，掉的头发能铺成地毯，自己都快成“裘千尺”了。她每周要交三四篇稿子，但有段时间特别懒，只想看电影和看小说。直到被编辑下了最后通牒，她才夜以继日地赶稿，熬了两三个通宵才把任务完成，一夜憔悴了很多。神仙水和十全大补汤都救不了夭折的细胞，而且因为交稿时间短，她时常心跳加速、大脑缺氧，焦虑得想不出内容，文章的质量大打折扣。出来混，迟早是要还的，懒惰债积多了，终归要付出更大的代价。

朋友说，她还是喜欢有规律的日子，张弛有度的勤奋让她不仅工作能保质保量，而且还能驱散焦虑，开心地度过每一天。这样的生活，会使脸色也红润起来，因为有定期运动，身材也会紧致起来，中年危机感一点点被抹平。

... 03

懒惰所造成的无所事事是一个无边际的蜘蛛网，专门吸住那些意志力薄弱的人。而且稍不留神就会重蹈覆辙，但你一旦能脱离这张蜘蛛网的引力，生活常常就能在你的掌控里。懒惰好像是人类的本性，大多数人深受其害，但是能克服的人，就会越活越斗志昂扬，越活越年轻。

最近翻开朋友圈，看到我的一位前上司发了一张玩攀岩运动的美照，并加一段意味深长的文字："我对懒、缺乏自律的人从来都没同情心，我从来没有刻意减肥，因为运动就像是我的日常饮食一样自然。"她已经五十多岁了，但是皮肤紧致，看上去只有三十多岁。我曾经做过她的助理，她是一个无比自律又勤奋的女性。就算是出差住酒店，她也坚持阅读的习惯，四五点就起床看书、做瑜伽冥想。有时候我跟她一起坐动车到不同城市出差，她每次必定要打开电脑修改课件或者读专业书籍，到了酒店一有空就去游泳或者健身，我真没见过她无所事事的样子。

同事们评价她说，她就是一个五十多岁但却活得像个热血少女的人。她给人的感觉就是永远在做事，永远精力充沛，灵魂和身体都在路上的人。而我觉得她的少女感源自她从来不会做无所事事的懒虫，天天活力十足地展开每一天的生活，努力是她身体里的骨胶原。

... 04

很多二十几岁就暮气沉沉的人，并不是因为他们的身体凋萎了，而是“无所事事”的思维在绑架他们的精神和肉体。有些人周末宁愿躺在家里快腐烂了也不想去运动；有些人宁愿天天吃外卖，脸蛋黄成隔夜饭菜也不给自己煮一顿健康餐；有些人天天喊着自己工资低，但从来不进修或者为跳槽做准备。

缺乏行动力的人，精神面貌常常萎靡不振，因为无所事事，新鲜的肉体和灵魂离他们越来越远，油腻的形象离他们越来越近。为了克服无所事事的坏毛病，现在每天我都会填写任务进度表。进度表里有养生、运动、读书、交流、稿件等栏目，我每天都要在这些任务里打钩。

比如养生，规定自己要喝八杯水、吃一个苹果、喝一碗汤；稿件要每天完成一千五百字的写作任务；其余的运动、读书等任务也如此类推。我通过量化的监督，让自己的懒惰无机可乘，这种有秩序感的勤劳，让我精神爽利、心情愉快。

油腻不是中年人的标配，也不是每个年轻人都配得上少女感和活力感，你身上该配得上哪个标签，得由你的态度决定。其实每个活得光鲜亮丽、朝气蓬勃的人，都在背后拼命地逆流而上。

岁月对谁都是残酷的，但对“不无所事事”的人会宽容一点。生活从来都是不公平的，但对“不无所事事”的人会偏心一点。

赋予节日仪式感的，更是赋予生活热情

... 01

周六到健身房报到，当我骑了三十分钟的椭圆仪后，转战拉丁舞。在拉丁舞队里，我是跳得最烂的一个，每次都自卑得不敢抬头看老师。但是队里有位女士跳得特别妖娆，舞步甚至能跟老师媲美。

我观察她有一段时间了，我发现她跟其他学员很不一样，最大的亮点是，她跳舞的行头很到位，她穿着一双银色中跟皮底的拉丁舞鞋、一身闪着金色珠片的紧身拉丁舞裙。她曼妙的身材随着音乐摆动，那双又白又直的腿在拉丁舞鞋里灵动地旋转，优美极了。第一回合后休息两分钟，我跟旁边那位跳得极好的女士聊天，我想她大概从小就有跳吧，动作如此娴熟。交流后才知道，原来她不过才练了十几堂课。她说："其实拉丁舞不太难学，但是在开始之前一定要买一套漂亮的战衣和战鞋，这让自己更有信心的同时，也暗示自己要认真学拉丁，然后你才会更加用心去跳。"

我观察自己和周围的人，发现不少学员都像我一样穿着运动鞋和运动装就来参加拉丁舞了，尤其是我，看起来特别滑稽，脖子上还围着一条汗巾。这样的衣着根本就没有跳拉丁舞的仪式感，在心理上就觉得自己不过是过来玩票的，所以一直认真不起来，无论怎么跟着老师的拍子，都跳得极度不标准。

看来，无论做什么事情，有仪式感的人，总是比那些没仪式感的人更有态度，更能享受事情本身所带来的快乐，效果也会事半功倍。

... 02

听说林徽因在夜间作诗前都要做足仪式，例如必定要焚香并插上鲜花，沐浴后穿上一袭白绸睡袍，在摇曳的烛光里品诗冥想，大概那首有名的《人间四月天》就是在这样的氛围里横空出世的吧。

作家林燕妮在一次采访里说，她写作前喜欢铺开粉红色的稿纸，还要在稿纸上喷香水。别人说她浪费香水，她却说在深夜写作时，香水的气味会给她营造一个很好的氛围，会更有灵感。

林徽因和林燕妮都是在写作前注重仪式感的人，很多人说，这样会不会很矫情？但或许就是因为这份矫情，才证明她们对生活和工作还有无穷的热爱，如果做什么都潦草地开始，那么做成这件事的可能性也不会那么大。

重视仪式感的人，有能力把每件事都做得精致、完美，充满了生活的美好气息。

我前公司有个HR主管，她特别喜欢买花。每隔两天肯定会有个小伙子把花送到她办公室，有时是玫瑰，有时是雏菊，有时是香水百合。开始时大家纷纷问她是谁这么有心天天送花给她。她回答说，这是她自己为自己订的。在办公室里插上一瓶花，在香气中开始工作，这让她感觉特别愉快。

我观察了一下她的办公室，发现比其他主管的办公室舒服得多，无论是视觉上还是嗅觉上都给人美的享受。她特别喜欢把办公桌面收拾得整整齐齐的，电脑、笔记本、资料文档各就各位。

她说，她每天到办公室第一时间就是整理好桌面、插上鲜花，这是她每天开始工作前的仪式感。因为这个仪式感，她工作起来更加井井有条，在工作里也能有更多乐趣。

朝九晚五的上班确实容易让人觉得疲惫和枯燥，没有激情。但是如果能为自己的每个工作日创造一些仪式感，日子就没那么难熬。能让自己精神抖擞地在仪式感中开启美妙的一天，享受工作的乐趣，如此良性循环，你会比别人更能把事情做到尽善尽美。

... 03

在知乎上，看到一位网友说，仪式感本质上是一种暗示。在生活里重视仪式感的人，在潜意识里最懂得暗示自己享受每一天、做好每件事。

我曾经在朋友圈看到一位同事发出一组沐浴前的九宫格照片。图片展示了她沐浴前浴室里的摆设，比如浴缸里撒了很多玫瑰花瓣，浴缸周围点满了香薰蜡烛，非常浪漫。她还配文说："我每周都会让自己享受一次充满仪式感的沐浴，这是在繁忙的工作外的一缕阳光。"因为懂得制造日常里的仪式感，她总是比一般人更有品位地享受生活，而且她这种精致和细腻的作风在工作上也发挥到了极致。她作为市场部的品牌经理，每次见客户时都会穿上精致的套装，眉毛眼睛嘴唇都化上淡妆，再踩上十厘米的高跟鞋，非常有范儿，非常有气质。这是她在谈业务时的仪式感，只要一穿上精致的职业装，她立马就进入了谈判的场景中，一笔笔大客户订单就是在这种仪式感里拿下的。

穿着的仪式感，让人在工作中更有自信，连与男性对决也毫不逊色。

在《小王子》里，狐狸说："仪式感就是使某一时刻不同于其他时刻。"我认为无比正确，就像我同事，在沐浴时有沐浴的仪式，谈业务时有工作的仪式，让每个时刻都用泾渭分明的仪式感区分，仿佛连同人生都充满了层次感。

... 04

我们广东人每次有店铺或公司开张，都喜欢搞个舞狮点睛仪式，寓意财源广进、富贵荣华。其实这种仪式也不能保证一定客似云来，但就因为这种仪式感，让店主以及员工感受到了蓬勃的力量，以此作为生意开始的纪念，每个人都心生欢喜，踌躇满志。我觉得这就是有仪式感的意义，赋予每件事特别的纪念、特别的起点，让人在其中欢欣鼓舞地进行下去。

我喜欢做事有仪式感的人，在我眼里他们总是比不重视仪式感的人活得更有劲头，做事更有秩序、更圆满。

其实，我们每个人都生活在无序的、混乱的、无规则的世界里，如果把某件事情赋予了仪式感，就像在无边的黑夜里为自己点了一盏灯，整个人都散发出能量和光芒。

在无聊的生活中，注重仪式感的人，他们能把一切变得有趣，而且能化解掉漫长人生里纷繁和苦涩。因此，他们做的每件事，过的每一天都比别人精致和丰盛。

忙起来，
才是治愈一切的良药

... 01

通常很闲的人都有很多烦恼，终于明白为什么古人的诗句老是把闲和愁连在一起，比如李清照的诗句：“一种相思，两处闲愁。”闲就是愁，一点都没错。闲久了就会变得郁郁寡欢，从怀疑自己是个废柴到真的变成废柴，不过是一眨眼的工夫。

上周我真的扛不住了，去看了心理医生，做了个详细的心理测评，出来的结果把我吓了一跳：中度焦虑症。我最近的工作明明放慢下来了，还可以在家移动办公，多了很多私人时间，不是应该更开心吗？怎么就得了焦虑症呢？我百思不得其解。

我复盘了一下最近都干了些啥，如果不用出差，我在家是这样安排的：早上起来阅读邮件，然后开始写方案，大概半天写完；下午对接客户，开个电话会议，整理些资料，然后本职工作就结束了，剩下的时间都是我自由支配。但实际上我什么也没做，花了几个小时在家里躺着，开始时那种无所事事的状态挺赞的，但这样的日子大概过了一个月，我终于开始焦虑起来了。

原来什么也不做会让自己觉得自己很失败，而且思想上越来越爱钻牛角尖，很琐碎的小事也会花一个小时来琢磨。比如为什么领导今天跟我说话的语气怪怪的？为什么老公今天少打了一次电话给我？诸如此类。越想越多，然后情绪就处于崩溃的边缘了，身体也越来越沉重，到了神经质的最高境界时就会问自己：究竟我为什么还要活着？

... 02

之前我真的很难理解为什么自己有时很少工作，也没什么交际，但却比任何时候都累，完全没有偷得浮生半日闲的感觉。后来看到武志红老师的文章才知道，原来当你什么都不做时，你是在压制着自己与外界链接的渴望。而链接的渴望，又是人类最根本的渴求之一。要压制它，那将会耗掉大量的能量，所以累由此而来。

后来发现，有意义地忙起来的时候，心情会很愉快，比你躺在家里时更开心、更充实。因为你投入到事情中时，你和事情就建立了链接。链接，意味着关系建立了，关系成为一个通道，而能量在这个通道中流动。这份流动着的能量，就是最好的滋养。

之前在一个饭局上跟一位朋友聊天，原来在几年前她家里发生了很大的变故，爸爸没了，婚离了。深爱她的爸爸因为车祸离世，当她准备为父亲处理后事需要一大笔钱时，发现银行账户里的钱只剩下二十块，原本应该有几十万的余额不翼而飞，沦落到坐高铁的钱都没有，当时真的叫天天不应，叫地地不灵。后来，她发现了是她的老公私下没跟她商量就卷走了她的钱，而这些钱拿去投资全没了，然后她的婚姻也没了。这一连串的打击是发生在一年之内，这种渗着血的痛，旁人很难想象她是怎么熬下来的。但此刻坐在我对面的她，是那样的云淡风轻。她说："当时我非常悲伤，但好在工作救了我。我的工作非常忙，处理完家里乱七八糟的事情之后，我就拖着行李立马投奔到我的工作岗位上。因为工作强度很高，我根本没有时间去想那些令我很痛的事，背着行李满世界飞，在这个过程中时间慢慢治愈了我。如果当初，我的工作很闲，我有大把的精力去想那些悲伤的事，我早就崩溃了。"

有时候忙不是坏事，它能拯救你无处安放的情绪。现在的她一切都很好，也找到了很爱她的男朋友，刚从英国出差回来的她是别人眼中的白富美，笑容甜美，心情爽朗。

成功学大师拿破仑·希尔说过：忘掉悲伤最好的办法是转移注意力。而让自己忙，是转移悲伤的极好办法。

... 03

有很多小伙伴说自己好迷茫，不知道自己的路在何方。虽然中国人有句老话是人无远虑，必有近忧，但我不主张人太过远虑，有时候你迷茫，不过是因为你心中的诗和远方太多了，而没有规划好当下该如何过。在我的观念里，消除迷茫最好的办法就是把当下安排得充实和有意义，不要让自己太闲。

把每天过好就很不容易了，何必想太多，未来至少有一半掌握在命运手里，你做好你能做的就行了。所以当我觉得自己很焦虑时，我会好好安排每天的事情，让自己没空去发愁。

例如每天早上在小区慢跑一个小时，做一顿丰盛的早餐，开始工作；中午去一家自己喜欢的餐厅吃饭，完成下午的工作；晚上为自己煮饭煲汤，看一本有趣的书，做读书笔记等。有时候还会约上三五个知己一起去看一场电影，一起去逛街；每天大概抽出两个小时来学习自己感兴趣的东西。

我始终相信“一万小时定律”，只要你坚持，就会成为该领域的专家。

我有个同事，她因为怀孕辞职了，我以为像她这么喜欢工作的人在家一定愁死了，当她老公去上班，家里剩下她一个人时是多么的孤独呀。可当我去她家看望她时，我问她：“你在家是不是很无聊呀？”她说：“比上班还充实呢，好快乐。”看着她春风满面的样子，简直让我大跌眼镜，看来是我多虑了。跟她一聊才知道，她的日程安排得比我还要满，她曾经有个做裁缝的梦，一直没有实现。而现在，她有了很多自由时间，于是报了定制衣服的培训班，向裁缝老师学习如何做定制衣服、如何设计、如何选择布料等等，她还笑着说将来要为我定制一件衣服。她是PPT高手，在家也会接一些单子，帮别人做PPT，收入很可观；其余的时间她会种种花，听胎教音乐，还会做饭、煲汤、烘焙甜品给家人品尝，日子过得很快乐。

很多人说在家太无聊了，迟早会熬出病，可是对于自律的人而言，在家一样可以把生活安排得非常充实和有意义，根本没时间想迷不迷茫。

... 04

有位亲戚退休了，突然觉得日子过得好空虚。因为年轻时没有什么特别的爱好，现在突然无事可干了，很惆怅，太多的精力无处安放，于是他经常会参加一些宗教组织。很不幸他被骗了，那不是真正的宗教，而是邪教，骗了他不少钱。

看到他的遭遇，我就想，一个人太闲了，真的特别容易误入歧途。所以我突然很能理解那些在广场上开着大喇叭跳广场舞的阿姨们，因为有事可干总比什么都不干好。

我有一位朋友，当她很闲，内心很焦虑，又找不到很有意思的事情干时，她就会打扫房间、整理衣柜。她把家里的地板、窗户、洗手间、浴室，全打扫得干干净净，一根头发都看不见；她把家里的衣服按春夏秋冬整齐排列，把每个东西都收纳好，把一切弄得井然有序。整个下午，她把家里收拾得窗明几净，仿佛心里的污垢也随着家里变洁净而消失，而且心里的成就感也爆棚，为自己是个家务小能手而洋洋得意。

难怪在全球大红的《怦然心动的人生整理魔法》中也说：如果有人在家中进行一次戏剧性的整理，那么他的想法和生活方式甚至他的人生都会发生戏剧性的变化。

所以当你很烦躁又无所事事时，请整理一下房间，你的心情会发生奇妙的变化。

杨绛先生说年轻人的问题主要是“读书不多而想得太多”，其实烦恼的问题也一样，你做得太少而想得太多就会产生烦恼。

如果你今天觉得很烦恼，不妨先让自己动起来，从做最简单的一件事开始，然后慢慢你会发现原来生活比你想象中更有意义。

形象和气质齐飞的人，体态都很好

... 01

小时候看中国香港小姐竞选，里面有个奖项叫“最美体态大奖”，一个符合视觉美的中国香港小姐，不仅要有美貌和智慧，还要有优美的体态。在选美过程中，穿泳装和旗袍环节的设置，完全是为了验收众美女的体态。那些穿旗袍优雅又婀娜多姿的港姐，绝对能为她们的气质画龙点睛，加深观众的视觉享受。能获得“最美体态大奖”的姑娘，气质一定不差，甚至比“最上镜小姐”还有魅力。

在我看来，一个姑娘的气质好不好，颜值占比不高，内涵和体态才是扼住咽喉的指标。

上周我跟先生窝在家里看《使徒行者2》，他一边看一边感慨，为什么演警察的苗侨伟随便穿一件夹克跟牛仔裤就有型到爆炸啊，看来长得帅的人就是有资本。我立马纠正他的观点，苗侨伟穿什么衣服都有型，并非因为他长得帅，而是因为他体态好。先生观察了几集苗侨伟出现的镜头，发现他无论坐着跟黑社会大佬谈话，还是站着跟卧底交接都是腰身挺直、昂首挺胸的，从没见过他驼背、含胸。就算他背靠墙，把手插在裤兜里的姿势也是相当迷人。

作为一个五十多岁的老牌明星，一点也不输剧中的小鲜肉。归根到底，因为他身型和体态一直保持最佳状态，虽然变沧桑了，但风采依旧。

所以无论男女，形象好、气质佳的人，主要是由体态决定的。

... 02

我念中学时，胸部刚刚发育，还挺害羞的，好怕被同学们发现我。于是有段时间我经常驼着背，像个佝偻老太太，那时我并没察觉自己的体态有多不堪入目。

有次我们学校文艺表演，我们班表演大合唱，因为太矮站在了第一排，当时我引吭高歌，唱得好开心啊。可是没过几天看表演的视频，我直接崩溃。好想揍那个驼着背、有点猥琐，而且还站在第一排C位的自己。那时我满脸骨胶原，青春洋溢地穿着校裙，但气质被靡靡不振的体态扣了大半分数，驼背是我中学生涯里的一个污点。

后来我花费了很多精力纠正体态，试过做瑜伽、在家见缝插针地做扩胸运动、隔三差五地到体育馆游泳，这些运动对我的帮助很大，有效纠正了我一些不优雅的姿势。

我参加工作后，认识了同事小飞，更让我意识到保持好的体态是锤炼气质的最佳方式。小飞是典型的气质美女，虽然脸部线条有点硬朗，但完全秒杀一般的小姑娘，最让我着迷的是她的体态，每次她拿着水杯从我身边路过，身为“直女”的我都忍不住瞟上三四眼。一般办公室女郎因为久坐，臀部都会松松垮垮，但她的却很翘。她的小腹平坦，因为她总是挺胸收腹，有节奏地吸气呼气。她身材不算高，但比例匀称，身上没有一丁点儿赘肉，走起路来像模特一样潇洒又自信。

我暗中观察了她一段时间，发现她走路时肩膀会完全打开，不会耸肩，下巴微微提起，步伐均匀，像只行走的天鹅。其实，我最迷恋她的翘臀，她偷偷给我爆料说，她每天回家会做三十个深蹲，在家看电视也会经常站着，把腿打开与肩同宽，膝盖要打直，然后用力往里夹屁股。有时候办公室没人或午休时，她也会有意无意地夹一下屁股。

原来体态好的姑娘都是狠角色啊，她们每天都在争分夺秒地修正自己的体型。不过体态修炼这件事，真的是“种豆得豆，种瓜得瓜”，只要你下得了苦功，就会皇天不负有心人。

... 03

体态好的人，形象和气质也自然增色不少。练国标后的小S比练国标前体态和气质更加美妙了，因为体形变得更加挺拔，她也开始更加自信了。连大S也惊呼无法相信她妹妹已变成了一个美女，可想而知运动对一个人气质和容貌的改变比整容更加有用。

我今年也办了一张健身卡，每次去那里报到，有四个项目我一定会做。一个是做扩胸运动，一个是练深蹲，一个是翘臀的机器，一个是椭圆机。这几个项目四管齐下，发现臀部真的更加翘起来了，手脚也变得更加纤细，整个人的体型都更加紧致了。

不仅是我发生了变化，跟我一起去健身房的同事越来越好看了，整个人的气质瞬间提升了。

体态好和体态差的女孩呈现出来的是两种不同的气质，时刻都注意修炼体态的人，气质也在日积月累地变好。

曾经有网友把杨幂走路的照片跟刘诗诗的动态照对比，虽然她们的颜值各有特色，但有多年舞蹈功底的刘诗诗的身材更加挺拔，优雅的天鹅颈美到极致；相反杨幂被网友吐槽有点驼背，如果能挺胸收腹就更加完美了。

看来无论多好看的女孩，体态不好看，也会大打折扣。

... 04

塞缪尔·斯迈尔斯说：“得体的举止、优雅的风度，这些都是走进他人心灵的通行证。”

我深以为然，有得体的举止和优雅的体态的人，总有一种令人心生欢喜的气质，这种气质比美丽的容貌更恒久远。

只可惜在现实里，我们很多人喜欢忘我地玩手机，很多人因此得了脊椎病、肩颈炎，走路姿态歪歪扭扭，更别说优美的姿态和气质了。

欧洲脊柱协会曾发声明说：“手机脖”已变成了全球性疾病，前倾看手机颈部肌肉要承受二十五公斤以上的重量，还会引起颈部生硬、头痛等疾病。脖子前伸不仅影响安康，更是气质的头号“杀手”！如果我们想要改善体态，首先要减少玩手机的时间，多做运动塑形，不养成久坐不动的习惯。

大S说，她有事没事都会维持抬头挺胸的状态，因为肚子用力，小腹会缩小很多，还会长出腹肌来，肉也不容易一直囤积在腹部，如此循环，体态也会越来越好看。我亲测确实有效，大家不妨勤加练习。

愿每个努力修炼体态的女孩儿，都能越变越美。

当你被透支物欲的
“精致”生活控制了，你就不自由了

... 01

在微博上看到有个热点说现在“00”后的精致生活是用SK-II擦手，用chanel洗脸，只要有零花钱都全用来买口红。还有个“00”后说自己家的梳妆台上全是香水，看她展示的那张图，比明星的化妆台还要夸张。可是，这真的就是所谓的精致生活吗？这些“00”后很多都还没赚钱能力，他们的精致生活不过是建立在父母钱包上的炫耀和虚荣。

在很多购物平台都打着广告说：“最怕你在最好的年纪里用最差的东西。”这句话有毒，把很多没有能力为自己买单的年轻人套进了商家设置的物欲清单里。

我见过一个刚毕业的姑娘，为了让别人觉得自己过上了精致的生活，用过千块的化妆品，分期付款买了最新的苹果手机，但却在每月最后两个星期，天天在宿舍吃泡面，喝凉水。

这种打肿脸充胖子，通过透支欲望支撑起来的精致生活，眼泪只能往心里流，有苦自知。

... 02

其实做一个表面精致，拆东墙补西墙来透支欲望的女孩，内心是很焦灼不安的。

有次我跟一位朋友做头发，朋友还没坐稳就点了一个全场最贵的美发套餐，一共差不多五千。她眼都不眨地刷了卡，而且临走时还在服务员安利下，买了一张几千块的美容卡，听说可以定时过来护理。

我有点为朋友的花钱速度担忧，她那时工作试用期还没过，万一丢了工作，恐怕还不起信用卡。可是朋友过日子的口头禅是，最怕在最好的年纪过最差的生活。所以她不惜让信用卡爆炸也要让自己享受当下最贵的生活。

可是最贵就是最好的吗？如果这种生活不在你的支付范围内，最贵就成了最差。因为你会为这种最贵付出压力、焦虑、借贷度日的代价。

朋友后来顺利通过了试用期，但是她还要为自己过最贵的生活另外兼职了两份工作，因为她还完一张信用卡还有另外一张就紧跟着来了。她没有时间去旅游，没时间感受诗和远方，甚至家里凌乱不堪，都没有时间收拾，更不要说有空为自己炖汤煮饭了。她办理的美容套餐弥补不了她颜值摧残的速度。

当你被最贵的物质控制就不是一个自由的人了，你成了为物质工作的奴隶。

… 03

在我看来真正精致的生活，不是过着跟自己赚钱能力不匹配的表面风光日子，而是在自己钱包可支配的范围内，过着舒心、坦荡从容、吃饱穿暖还有盈余来享受精神生活的日子。

在我的朋友圈里，花花和丈夫都是工薪阶层，赚钱不算多，但却很会精打细算地变着花样过日子。花花喜欢把家里打扫得窗明几净，除了中午餐在公司吃，早餐和晚餐夫妻俩都会轮番上阵到厨房为对方煮饭，煲汤。别人在外面花大钱吃吃喝喝，还有可能吃到地沟油，而他们花点小钱就能在家里丰衣足食，而且还能培养情趣。

花花跟我说，他们家的钱分为三部分，一部分是共同储蓄基金，这是用来定心的，备不时之需。一部分钱是用于满足物质欲望的，比如吃喝用穿的需求。一部分是用来精神享受的，比如一起看个画展、电影、话剧的支出。他们清楚自己每笔的输入和输出情况，每一笔买买买都不会超出自己的能力范围。有次花花在万达广场看中了一件大衣，价格要9999元，超级想买，但想到家里的预算快超出了预期，还是控制了自己没有剁手。她后来买了一件性价比更高，穿起来舒服耐看的衣服。

可能有些人会说，买件衣服都如此畏首畏尾会不会太累？女人爱自己要舍得为自己花钱啊，等人老珠黄时就晚了。这是某些人为了让自己剁得放心的自我安慰而已。当你工资才一万块，但却为了买一件一万块的衣服而天天吃土，睡也睡不好，心跳也不正常时，不知道你会不会觉得这是爱自己的行为？

花花夫妇精打细算的日子也过得很精致，他们没有负债，还有盈余一年去一趟国外游，每周手拉手看电影，看画展，吃厌倦了住家饭就到好一点的馆子放飞肠胃，神仙眷侣不过如此。

精致的生活不是用最高档的物品、吃最美味的美食，穿最华美的衣服，而是让自己没有任何心理压力下享受最合适自己的东西。当你不被物质绑架，过着有尊严、内心自在的生活，才有资格说自己活得精致。

人有欲望是合理的，连叔本华都说，生命是一团欲望。但是欲望不能透支。欲望被透支得越彻底，越容易失去自我，生活不会变得精致，反而过得一塌糊涂。

心安才能感受到生活里春暖花开的快乐，如果享受了物质的高级待遇却忐忑不安，夜不能寐，这是得不偿失的代价。

在我看来，欲望在掌控的范围内，才能感受到轻松和快乐。何况精致的生活跟物质的丰盛没有很大的关系。

... 04

林徽因在物质匮乏的战乱时期，依然能在简陋的房子过着力所能及的精致生活。她去旧货店淘回老家具和旧书，把野外废弃的粗木地板做成朴素的小书架，给家里的陶制土罐插上在野外采集的鲜花。再穷再苦再累，有生活情趣的人也能把生活打扮成精致。

生活能否精致是一种态度和品位的彰显，而不是在购买力里体现。

所有的精致都是丰俭由人，在力所能及的范围内，为自己创造最温暖最舒适的生活就是最好的精致。

不做欲望的奴隶，才能在自由的空气里真正感受到生活的精致、轻松和快乐。

讲真，细节见人品，也见气质

… 01

蔡康永说：“教养可以装出来，但幽默是连一秒钟也装不了的。”在我看来，不仅幽默是不能装的，气质也是装不了的。

这感悟尤其是在看了《中国诗词大会》后更加浓烈，节目里每个选手的文化底蕴都让电视机前的我自愧不如。

董卿端庄得体、出口成章，对中国古诗词信手拈来，展示了美女加才女的优雅姿态。她散发出的优雅气质正是这档节目的点睛之笔，把整个诗词大会的内涵升华了许多。于是很多网友在微博上说，董卿才是真女神，看到她才知道，气质不是一朝一夕就能恶补出来的，更不能用力过猛的假装，你的一颦一笑、一言一语，眼角眉梢散发出的气息才是你气质的证明。但是有些所谓的高级知识分子，虽然很有学问，但他们的言谈举止、眉眼神态就是没法让你觉得他们的气质有多高级。而学霸级的董卿，几期节目下来，她的气质轻而易举地就俘虏了我。在节目里，你看到她无论对待选手还是嘉宾都是温厚而真诚的，没有太多的煽情，更多的是对选手的人文关怀。因为不装，她真实地流露自己，于是你更容易被打动。

看过很多综艺节目，有的主持人很擅长制造泪点，用煽动观众的恻隐之心来制造节目效果，然后让选手站在台上卑微又尴尬地接受众人的怜悯。我受够了这样的引导方式，好在董卿不是。

... 02

记得《中国诗词大会》有一期来了位身体残缺的选手。这位名叫张超凡的参赛者虽然没有了一只手臂，但很乐观自信，还以“自信水流东，花开半夏”来勉励自己，当她讲起了童年一些因为缺陷而不太愉快的经历时，后面的百人团中有人泪眼蒙眬，有人神情哀伤，连蒙曼老师的眼角也闪着点点泪光。

如果是别的主持人，有可能会趁机渲染大家的情绪，让观众们一起同情这位选手的不幸遭遇。可是站在台上的董卿脸上始终挂着盈盈笑容，用对待其他选手的态度和目光来对待这位断臂的参赛者。她并没有滥用她的同情。她的点评也很体贴很到位：“其实我们每一个人都不完整，只不过有些是看得见的残缺，有些是看不见的。但在你身上最宝贵的是，你用你的乐观、坚强、勇敢去追求了一颗完整的心灵。”我忍不住为董卿的表现点赞，在那一刻我觉得她身上充满了人性的光辉。其实有残缺的人最怕的就是别人的眼泪和同情。我曾经听过一位心理专家说：“当你看到残疾人时，只需要平等地表达关心即可，不需要君临天下般的怜悯。”

董卿做到了，她给予参赛者的是尊重和恰如其分的安慰，让人感觉她很有教养，她的高贵气质并非仅仅因为学识渊博，学历超群。世界上任何一种同情都有居高临下的感觉，是强者对弱者的怜悯。不滥用恻隐，而是以平等的、设身处地的态度去体恤别人、关爱别人但又顾及别人的尊严，这样的人才是有教养和有气质的。

... 03

在钱碧湘写的《杨绛二三事》里，杨绛先生就是这样的人。

唐山大地震时，钱碧湘和杨先生夫妇同住在一个沿街搭建的地震棚里，当时作者非常害怕会再有灾难临头，于是想去苏州逃难，问杨先生是否要同去时，遭到了先生的拒绝。但当钱碧湘下定决心要走时，不打算离开北京的杨先生却细心地问她：“你们决定出远门，经济上有准备吗？”她说：“路费是有的，到了那边会有老师管我们。”但杨先生却说：“住在别人家里，已经是麻烦人家了，经济上还不独立，不大方便。”然后偷偷地递给作者一个信封，用一个长辈的语气说：“带在身边，在外面用得着，我们自己还有，不要和我犟。”她回家一看，信封里面居然有四百五十元，比自己当时一个月的工资还多几倍。这就是杨绛先生，即使想帮助他人，也是暗地里进行，低调而不张扬，怕伤及别人的自尊心，这种对别人的善意完全不是可以装出来的。

相比于有些企业家每次捐完款都在电视和报纸上歌功颂德，杨先生的低调显得高贵多了。她体内流动的是名门闺秀的教养和学者风范结合的高级气质。

... 04

不在乎别人的感受，说话咄咄逼人，以为毒舌就是口才好的人，读再多书、买再高级的化妆品也改变不了讨人厌的气质。

我以前公司的同事小波，她自称自己一天不读书就难受，一年买书会花掉几千块，上下班kindle不离手，身为编辑的她还能写得一手好文章。她的书卷气确实比其他人更重一些，但她苦心积累的气质很快被她漫不经心说出的话所抹杀。

比如有次西西花了大钱买了双不错的高跟鞋回去，本来心情美滋滋的，当西西问小波觉得她买的这双鞋怎么样时，小波只用眼角扫了一下就妄下判断说：“你买的这款颜色看起来不是很高档，比较像假冒的。”听了小波惊人的评价后，西西黑着脸默默地回到了工作卡位上，一整天心情都不怎么好。

还有一次，公司前台的小姑娘换了个新发型，小波才踏入公司大门就一脸认真地说：“你不觉得你的发型像大妈吗？”前台小姑娘很是无语，人家本来晚上想给男朋友个惊喜，经小波这样一说都不好意思出门了。

有些人仿佛天生缺乏赞美和欣赏别人的能力，一张嘴就毒杀了一帮无辜路人。他们好像觉得挖苦别人才显得自己够特别，可是他们永远不知道自己的嘴贱早已在无形中伤害了别人的自尊心。这种只顾自己爽快，一点也不在乎别人感受的人无论读多少书都拯救不了他们没教养的本质。

文人之中也会有败类，比如唐朝大诗人宋之问因想窃取“年年岁岁花相似，岁岁年年人不同”的好诗句而杀害自己的外甥，足见其人之狰狞，并不觉得这样的读书人有何气质。

多读书会让人向真善美靠拢，但并不仅仅是多读书就能让你成为有气质的人，你内在的知识储备量、你的待人接物方式、你的灵魂散发出的光和热都是如兰气质的重要指标。

所谓细节见人品，还不如说细节见气质。我见过所有有气质的人，不仅有内外兼修的优雅，他们对待每件小事都透露出人格光芒。

能吃苦不矫情，人生想不“开挂”都难

… 01

小时候常听长辈们说“吃得苦中苦，方为人上人”，这样的劝勉，从前老觉得是废话，是不是不吃苦就不能成为人上人？心里暗暗认同的还是李白的“人生得意须尽欢，莫使金樽空对月”。肉体和感官的享受压倒一切啊，为什么就不能矫情地追求舒适，让自己不受皮肉之苦呢？

但是进入社会后，通过对身边优秀的人的观察，我慢慢改变了想法。很多有成就、有境界的人，在艰苦的环境里，都能够咬紧牙关，全力以赴。倒是一些资质平庸的人，遇到困难就会退缩，特别娇气。

“如果你贪图享受，就不适合创业，一入创业深似海。”我的前大boss曾经说过这样朴素但实在的话。是啊，遥想当年，论才华，公司里的人谁能比得上他；而论吃苦耐劳，我们更是快马加鞭也难以赶上。全公司每天上班最早打卡的是他，最后一个下班的也是他。

当我们的分公司遍布全国，资产持续上涨的时候，他出差申请的居然是青年旅馆！就是那种上下铺，跟一群陌生人共处一室，洗澡没有独立卫生间，最低价五十元一晚的旅馆啊。很多人表示不理解，很多级别比他低的高管住的都是五星级酒店呀。

想不到大boss抛出金句：“住青年旅馆能让我保持苦行僧般的修炼，能吃苦也是一种修行。”

... 02

前不久被很多网友落井下石说“那么拼有什么用，还不是得了乳腺癌”的滴滴总裁柳青，她的能吃苦更是人尽皆知。就算她颜值高，履历耀眼，有个非常牛的爸爸也无法阻止她发扬吃苦耐劳的精神。据说，她以前在投行身居要职时住惯的是四季酒店，搭飞机坐的是头等舱，而到了滴滴后，待遇level简直就像珠穆朗玛峰与四川盆地的区别。虽然滴滴打车一天就烧了一千多万美元，可是她的办公室不过是用半透明的玻璃隔成的空间，出差也只坐经济舱，酒店只住三百元左右的经济型快捷酒店。

对于一般人而言需要克服很大的心理落差，搞不好会得抑郁症啊。可是她不仅没有，反而把吃苦当成追求理想过程中必须要面对的现实。

坐惯头等舱的柳青说："我现在学会了在经济舱门口早早排队，为了找到一个离座位最近的位置放行李，以便下飞机时也能迅速拿回行李离开。"果然是吃得苦中苦，方为人上人。

"原以为我可能有些面子上的、心理上的落差，现在一试还行，没有觉得怎么样啊。"什么都高人一等的她，连吃苦的耐力也不输别人，她并没有你想象中的娇气，反而比一般人更坚韧。

其实平庸和卓越就是隔着无数个不怕吃苦的日与夜而已。

金星在一个节目上吐槽说："耍大牌有三大特点：一馋二懒三娇气。"可是偏偏有些人不是大牌，却沾上了大牌才有的陋习。

曾经有一位同事，她在岗位上已经熬过了几个年头，可是职位上没有任何的升迁，工资也没有怎么涨过，比她晚来的后辈都快赶上她了。一开始听她抱怨，还挺同情她的，后来观察了几周，只想用三个字形容："太娇气"。因为娇贵的身体受不了地铁的拥挤，她每天都会打车上班，可是她仍然会迟到，迟到的次数早就已经打破了纪录，领导对此早就不抱什么希望了。可是她下班比谁都早，简直是蹲着点打卡，比春晚的倒计时还要精准。但是凡是要参加培训或者要加班加点的项目，她总是找借口绕开，比如家里发生了什么大事要她去处理，晚上超过10点不睡觉就失眠之类的，简直是在考验领导的智商。所以后来，她在领导心目中的地位岌岌可危，升职、涨工资自然也都与她无缘了。

… 03

记得我从事第一份工作时，怎一个“苦”字了得。那时候工资少得可怜，却要身兼数职，时而要做市场推广，时而要拉赞助，时而要满街跑送文件，最坑的时候还要去仓库当搬运工，一身汗臭味，简直欲哭无泪。我也常想着要逃避那皮肉之苦，可最终还是选择了面对，一点一点地把困难克服，然后得到了许多宝贵的经验。现在的我，再回头想想，其实年轻人吃点苦也没什么，不吃苦哪来的突飞猛进、一路高歌。

就连貌美如花、仙气十足的刘亦菲在出道没多久时也是吃尽苦头，尤其在拍《神雕侠侣》时，天寒地冻，在瀑布里一蹲就是几个小时，还差点被湍急的水流冲走。正如她后来说的：“演《神雕侠侣》的过程就像是一场噩梦，环境太艰苦了，衣服成天是湿的，很少有干的时候。”那时候的她还不到二十岁吧，就连黄教主评价她时也说：“这小姑娘，好能吃苦!”美貌和才华都不如刘亦菲的我们，怎么还好意思再娇气下去。

我最近在网上看到，有个女孩儿说冬天太冷了，要辞职回家，对于她的勇敢很多人想给她跪了，可是我只想“呵呵”。这哪是勇敢啊，这明明是逃避现实、懒惰、矫情。

就算李嘉诚的儿子也不敢说天太冷了，就不上班了吧，人家可是天天日理万机，该干吗还是要干吗的。很多人已经有了很多成就、有了很多资本可以不用再吃苦了，可是他们依然在努力打拼着，将吃苦作为一种修行。还没有资本、处在奋斗期的我们，又有什么资格去矫情、娇气呢？你想要的东西，不会平白无故就能得到。

话说回来，我认为能吃苦、不矫情，也是个人良好修养的体现。

假如生活欺骗了你，不要心急

... 01

普希金有句名诗：假如生活欺骗了你，不要悲伤，不要心急，忧郁的日子里需要镇静，相信吧，快乐的日子将会来临。

以前每当读到这句诗时，我立马像打了鸡血一般，觉得人生真是充满希望啊。后来进入社会后渐渐发现，生活的暴风雨实在来得太猛烈了，普希金的这句名言再也无法激起我的斗志了。或许被生活欺骗得太多了，早已养成每次遇事总是做最坏打算的习惯，还没发生的事我都会诚惶诚恐半天。如果不是被生活打磨得足够自信，真不敢轻易告诉自己：慢慢来，牛奶和面包都会有的。

不是吗？当你已经很努力了，偏偏还穷得只能吃泡面，能不急吗？刚毕业，却遇上一个魔鬼金主，天天要求加班，吃盒饭吃得满脸痘痘，还克扣你的工资，在这样忧郁的日子里你还能镇定吗？每天累成狗，还要搭两小时的公交车回到暗无天日的出租屋里继续挑灯夜战，还没见到曙光就快要倒下了，能不悲伤吗？我们各自都有悲伤、愤怒、焦虑的理由。

... 02

记得刚刚大学毕业时，我常常陷入焦虑和悲伤的情绪中不能自拔，在我的头顶上总有一团高压云笼罩着，惶惶不可终日。为什么在公司里我总是碌碌无为，为什么世道如此艰难，平白无故也会被老板骂得狗血淋头，之后还要笑嘻嘻地吞下委屈继续工作？

我曾经试过加班加到流鼻血，差点儿以为自己会壮烈牺牲在办公桌前。深夜颤颤巍巍地回到家用冷水洗洗脸，倒下就睡了，第二天照样被上司使唤着东奔西跑。

那时候我的女上司是个变态狂魔，四十岁左右的“灭绝师太”，她做事的宗旨就是不虐死你，就不能证明自己是雌性动物。每天被她玩命地“作”弄死了好多脑细胞，策划方案被退回不少于十遍，预算方案没精确到小数点也会被骂，上班穿得不够体面也会被拉进办公室臭骂一顿。

曾经有一次，她安排我一个人到仓库清点物料，我像个大力士一样搬搬抬抬，把货物挪来挪去，再一件件打包好。那时的我在心里暗暗为自己鸣不平，凭什么接受过高等教育的我要如此作践自己？

当职场小白遇上了灭绝师太，倒霉事会接连不断。每当工作量爆表，压力大到内分泌失调，“灭绝师太”的臭骂声此起彼伏时，心中真想说：老子明天就辞职去，再这样下去就算不死也会残疾。为此我一度迷上了算命占卜的书，算命大师麦玲玲的节目我都看了好几遍，还是没有找到答案。把人生押在运气上未免有点自欺欺人，还是滚到一边继续奋斗吧。还是马克思伟大，他老人家说当量变足够多时就会引起质变，当你深信自己的命够硬，被蹂躏了几百遍仍然视工作如初恋时，命运似乎又有了转机。

因为对灭绝师太的诚惶诚恐，担心一不小心就被她批评，所以我要求自己不容有失，渐渐形成了一丝不苟的职业素养。慢慢地，我一点一滴的努力开始得到领导的赏识，领导开始让我接手一些大型的项目，从策划到执行我都能做得妥妥当当。

当工作越来越得心应手，师太看我也顺眼起来了。现在工作对我而言，不只有煎熬也有快乐。

... 03

我们常常以为自己熬不下去了，原来只要再多点儿忍耐，一切都会慢慢好起来的。

尼采说：那些不能打垮我的，必使我更坚强。

再黑暗的岁月也有过去的一天，就像《花好月圆》的歌词一样：浮云散，明月照人来。

有时候以为自己再也熬不过去了，但是忍一忍或许就会海阔天空；以为自己再也没办法好好活下去了，但勇者告诉你敢于直面惨淡的人生，才是真正的大赢家，不放弃就不会死。

或许你没那么勇敢，需要一点点克服这些艰难险阻，那么不妨多读几本书增长自己的知识，去健身房健身，约上三两知己把酒谈心，或者直接来一场冬眠，睡醒后，Tomorrow is another day。

为什么坚持运动的人，更能升职加薪？

... 01

某期《圆桌派》讨论了减肥与自控力之间的关系，窦文涛精辟地总结说："穷人的自制力就是比富人低，他们是最先放弃自己形象的人。"乍一听，我们可能觉得他对穷人有太大的偏见，凭什么说穷人的自控力就比富人低，但听他接下来的分析又有点意思，他说人的意志力跟生理能力一样都是有极限的，当一个人白天的工作太累太苦，晚上就容易失去自制力，放纵自己的食欲和身体。

我反思了一下我自己的人生经历，确实我最胖的时候，是我最穷、最累的时候。

当时大学一毕业，在公司里从底层做起，天天有处理不完的客户电话、文案、资料整理，还有领导额外的任务，下班后还要坐一个多小时的地铁和公交，简直累到瘫。晚上8点半吃完晚饭，真想在沙发上坐到天长地久，这导致我在毕业后的两年里，居然胖了十斤，欲哭无泪。上天是不是有眼无珠啊，我那么累、那么穷，怎么还那么胖啊，不是越辛苦越瘦才符合逻辑吗？

看来窦文涛上述的话得到了印证：意志力都被日常工作消耗了，晚上根本不想运动，只想用吃和躺着来补偿自己，于是越补越胖。不能控制自己身体的感觉，就像把命运交到别人手上一样，会认为自己很失败、很沮丧。

那些在忙碌的生活里依然能控制住自己身材的人，才是真正的强者，这种控制感能够打败那些令人不快的小沮丧。

... 02

同事凯丽刚生完小孩一年后回归岗位，坐在我正对面。她哪有初为人母的肥胖啊，简直就是三百六十度无死角的瘦，穿着西装套裙昂首挺胸的姿态，秒杀众多未婚未孕的女同事。

有人说，一孕傻三年，很多新手妈妈回归职场后会感觉不安和迷茫，可是她的眼里却闪着灼灼的光。我忍不住问她保持身材的秘诀，她说，生完小孩半年后就开始健身了，每天把小孩交给母亲带两个小时，而自己就去健身房运动。她说自从小孩出生，自己就忙得鸡飞狗跳，从来没好好睡过一觉，一晚起床五六次是常态，所以每天都顶着熊猫眼，非常疲劳。可是她依然抽空坚持健身，每天都在健身房跑三十分钟椭圆机，跟着教练举器械，她的优美线条可真来之不易。

曾经有很多人担心自己生完小孩后职位被别人取代，但同事凯丽依然在职场上如鱼得水。领导还是喜欢让她参与重要项目。比如接待外国专家的事宜还由她主导，因为她经验够丰富而且形象好，眉眼间透出自信。一年后，她从一般员工晋升为中层管理者，工资也翻倍了。

一个刚当妈的人，是人生中最苦、最累、最没有安全感的时候，可是她在这种状态下没有放纵自己，反而逆流而上，她在背后付出的努力令人难以想象。领导对她继续重用，看中的大概不仅是她的能力，还有她对自我的严格要求。因为对自己身材自律的人总比放纵的人看起来更可靠。

一个有能力的人有时不仅体现在他是否会办事，还有他控制身材的意志力上。能够控制得住身材的人，才更有潜力扼住命运的咽喉。

... 03

跟自己的意志力做斗争，是一辈子的事情，能控制体重和饮食的人，才具备成为精英的潜力。

自从受凯丽的影响后，我开启了健身模式，心态和体态都有了微妙的转变。

现在我每周至少去三次健身房，每次训练体能都感觉在突破自己的极限，连续坚持三个月后，我简直爱上了多巴胺分泌的快感。相比于以前一回到家就秒变废柴的状态，现在健身后我的精神状态也更加饱满。以前写作两小时会就腰酸背痛，现在健身是最好的缓解方式。运动完后，大脑会更加清晰，写作起来也更有条理，更易爆发灵感，就连上班也更加精神抖擞，写文案出现错别字的频率也降低了。难怪后来领导看我时，嘴角会出现四十五度上扬的微笑。健身带给我的不仅是身体和精神面貌的革新，还有事业的高升。

木心先生说：活着是件顶不容易的事。我对这句话深深认同，活着本来就不易，还要在又苦又累的生活里改变习惯，那就更难上加难了。可是，如果能做到，岂不是又向人上人迈进了一步？反正在我心里，在又苦又累的日子里，还能坚持运动，就是了不起的人。

... 04

大S曾在微博上吐苦水说，女明星为了自己能瘦点，究竟有多饿没有人知道。其实不止明星，每个对自己的身材有要求的人，都会像他们的人生一样时时迎难而上。

我见过很多职场上的精英，他们都是无论日晒雨淋都能坚持运动的人。

我有一位很有毅力的朋友，他每天5点起床，吃过早餐后花两个小时徒步上班，他说这样不仅可以锻炼身体还能磨炼意志。后来他经历两次创业失败，但靠着那股坚韧的意志力熬了过来，现在事业风生水起。

我曾经的女上司，一到假期就喜欢背着行囊约朋友爬山，现在连她丈夫和八岁的女儿都深受她感染，喜欢上了爬山。每个坚持运动的人，都有着一颗蓬勃的上进心。这位女上司家庭美满、事业得意，这离不开她的苦心经营，爬山不仅是她家庭关系的纽带，更能让她在工作中更有拼劲儿。

爱因斯坦曾在鼓励他儿子的信中说："生活就像骑自行车，要想保持平衡，就要不断运动。"我深深认同他这句话，生活不易，但运动是找到生活平衡点最好的办法，无论你平衡的是身体还是心灵。

所以，在我看来，当你意识到运动的重要性并坚持下来时，你就拥有成为精英的潜力。

Chapter 4

你的态度，决定你的未来

待人接物，是一个人修养层次的参照书

... 01

最近参加了一位朋友的婚礼，听说她嫁入了豪门，我们几个受邀的同学都为她觅得如意郎君而感到高兴。可当我们参加完她那场豪华的喜宴后，大家的心情急转直下，有几位同学甚至还说，如果以后新娘再有什么宴会活动，都不会再出席了。

婚礼当天，五湖四海的同学搭飞机、搭船、搭高铁来到了新娘的家乡。广东的夏天简直热到想原地爆炸，在40℃的高温下，在马路旁烤了差不多两个小时，才有司机把我们送到婚礼场地。

其实下飞机时我们就已告知新娘我们已经到达，可是等了一个小时不见接机的人影，追问新娘才知道她把我们忘了，于是我们又

等了一个小时。我们终于灰头土脸地到了婚宴的酒店，六星级的酒店豪华得令人眩目，场地布置得美轮美奂，犹如置身于王子与公主的浪漫世界里。

可是新一轮的考验又来了。婚礼上新郎新娘从爱的宣言到表白视频到相爱故事再到父母感恩，一直讲了两个小时。我们开始时感动得差点落泪，但到后面却差点饿到崩溃。他们秀恩爱秀到晚上九点四十分，才安排侍应上第一道菜，这真是活生生的饥饿营销啊。有些当晚要赶飞机的同学，草草地吃了两口饭就拎着行李奔赴机场了。

婚礼结束后，新娘在朋友圈发了当天豪华婚礼的九宫格美照并配上了一段感人肺腑的感言，但没有几个同学点赞。

花了大钱，但却让宾客扫兴，还差点把同学间的友谊推向冰点。究竟新娘做错了什么?

大概是她待人接物不够周到闯下了祸。第一，让远道而来的同学暴晒了两个小时，就算是再好的朋友也难免忍不住暴怒；第二，宴客最基本的礼数是让大家吃得开心，可整个婚礼却处处只想展示富贵，让宾客长时间挨饿是极不靠谱的宴宾行为。

林语堂在《生活的艺术》里说，凡是动物都有一个叫作“胃”的无底洞，当这个无底洞得到满足时，人才能快乐。被饿成丧尸的我们，根本没法体会婚礼的幸福和甜蜜。新娘待人接物的不靠谱形象，在我们心里留下了永恒的记忆，同学们和她的关系估计以后也会渐行渐远了。

... 02

在我看来，一个人待人接物周到与否，是他修养层次的参照书。越高级的人，在待人接物方面越令人如沐春风，处处令人觉得备受尊重。

蔡康永在《痛快日记》里描写了一段他父亲待人接物周到的细节：他爸爸在请客时，会把每个宾客当成主角，尽最大的努力逗宾客开心，让客人舒服快乐。他在书里说，蔡爸爸讲的笑话，90%是在请客的饭桌上讲的。因为他觉得身为主人，好好跟宾客们聊天，让他们开心，这是最基本的礼数，也是最基本的修养。能让客人宾至如归，他内心也觉得很享受，这也是发自内心的好客之道。

书中另外一个突出蔡爸爸有修养的细节是，他很会为客人点菜，不会为了摆阔，一味地点些海参、鲍鱼、鱼翅等，而是诚心诚意地为大家挑选独特的美食。比如他点菜会按照季节的变化而点，扁尖新鲜就点扁尖，蟹刚刚好就点蟹，荤素节奏完美搭配，因此他爸爸请客总是能带给朋友们独家乐趣。

这就是蔡康永爸爸的待客之道，细心周到，把客人的体验放在第一位，尽心尽力地把每位朋友都照顾妥帖，自己也问心无愧，心情舒畅。

如果一个做主人的人，懂得调整自己的心态，学会把宾客的乐趣作为乐趣，这是待人接物的最高层级，也是主人的修养体现。

蔡爸爸过世以后，朋友们都盛赞他的好修养，愿意提携他的子女后辈，可见周到的待人接物为他赚下了不少好人缘，甚至为康永哥积累了不少长辈人脉。

待人接物也是有因果规律的，你用心待人，别人也会在适当的时机真诚地回报你。

... 03

周到的待人接物是永不过时的基本修养，无论在什么情景下也是一个超级加分项。

我们公司有位新入职的毕业生，她待人接物的方式，常能令人感觉愉悦和舒服，也折射出她良好的修养和家教。比如：公司团队聚餐时，她会主动帮大家洗筷子和茶杯，然后为每个人斟茶倒水；前辈们没有动筷前，她不会先吃；领导或同事们发言时，她会专注听着。领导每次在微信群里发布工作信息时，其他人都默默潜水，只有她会认真地回复“收到”，并加上一个微笑的表情。春节、中秋节、端午节时，我都会收到一大堆群发的祝福短信，但只有她发的祝福信息，会在开头写上我的名字。在一堆信息里，我只感谢了她的祝福。

有些人可能会说，这不是一种讨好的行为吗？可是周到的待人接物对于有修养的人而言，不是被迫和献媚，这只是他们应该做的事而已，而这位新同事就是这样的人。她在细节上处处表现出对别人的尊重和体贴，完全是发自内心地对待别人，每个人能感受到她的真诚。因此，她在同事和领导们心里立下了良好的口碑，有什么项目大家也喜欢找她帮忙，而且，她处理事情有条不紊，有头有尾，难怪不到三个月就顺利转正了。

待人接物周到的人总是让人感觉很靠谱，让你很愿意跟他合作，信任地把任务交给他，而通常待人细致、诚恳的他们，做事也不会让你失望。

… 04

曹雪芹在《红楼梦》里说："世事洞明皆学问，人情练达即文章。"而我觉得，人情练达就等同于待人接物的修养。通常厉害的人在待人接物方面都堪称楷模，就像《红楼梦》里的贾母和王熙凤都是待人接物的好手，被好心对待的刘姥姥后来也心怀感恩地报答了贾府。

一个人有没有修养，有没有家教，看他如何待人接物就知道了。朋友们、同事们都看不到你的心，但是能感受到你对待他们的一举一动。而一个待人接物周到的人一定是在细枝末节上处处表现出尊重别人感受的人。他们深谙不同场合里的待人之道，不会时时以自己为中心，会得当地拿捏交际的分寸；他们是时刻把别人放在心上的人，也是最不会为难别人的人，他们是最值得交往的朋友。

所以在我看来，周到的待人接物不是古老的传统，也不是圆滑世故的手段，而是当下很稀缺的修养。

学会了拒绝，才能放过自己

… 01

记得某期《奇葩说》讨论要不要结婚仪式时，蔡康永语出惊人地说：“我自己可以有婚礼，但我不想参加别人的婚礼，自从离开《康熙来了》后，我就拒绝参加任何人的婚礼了。”接着他解释说，主持《康熙来了》时，他每年都会接到上百个婚礼邀请，每次都被要求上台发言。而他每场讲话都复制前一场的内容，连他自己都觉得虚伪、没意思，这么无聊的事情他再也不想做下去了，于是果断拒绝参加任何人的婚礼。

通常内心坚定的人，都很清楚自己要什么和不要什么，真佩服他敢于服从自己的内心，不被任何人绑架。可是生而为普通人，我们哪能这么洒脱。我们常常宁愿自己被逼死也不敢拒绝别人，这才是我们的真实处境。我们天生对人际关系有种不安全感，生怕拒绝别人就会被疏远、被抛弃、被讨厌。

于是能否满足别人的需求，似乎成了我们能否被喜欢的指标，为了这个指标，就算我们委屈得千疮百孔也在所不惜。

... 02

曾在“知乎”上看到有网友吐槽说：在大学宿舍里，她差点降格为室友们的丫鬟，例如她本想在食堂吃完饭就去自习，却收到室友夺命追魂call要求帮忙打包饭菜。因为不好意思拒绝，她只好牺牲自习时间，委屈地拎着饭盒往宿舍赶。室友约她去逛街，可她明明更想在宿舍看电影，但就是开不了口说不去，于是用看电影的乐趣换了一次心不在焉的购物。她明明很想周末早起去图书馆，可是当其他室友建议大伙去唱K时，为了让自己看起来合群，又奋不顾身地牺牲了自己的阅读时间。

别人浪费你的时间是经过你的允许的。不懂拒绝，就是默许别人可以一次次改变你的行程，其实她对于自己的时间早有计划，却因为不懂拒绝，陷入别人设计好的时间轴里，翻不了身。

学会了拒绝，才能放过自己。

当老好人不过是对自己的残忍剥削，我并不是鼓励你没有同情心或者不抱慈悲心，对需要帮助的人，我们永葆爱心。但并不是苛求自己不断满足别人的需求，而罔顾自己的内在想法，让自己活得越来越随波逐流。

… 03

其实在人际关系上，我也曾是个打肿脸充胖子也要答应别人请求的人，觉得不答应人家好像过意不去似的。

有次我去香港一日游，同事们知道后纷纷让我帮忙代购，清单包括不同牌子的护肤品、药品、奶粉等。其实当时我只想跟爱人去香港好好品尝美食，到处逛逛，并不想买买买。可最后我还是不好意思拒绝，口是心非地答应了大家的各种要求。香港的奶粉是限购的，为了帮同事买她指定牌子的奶粉，我和爱人沦为奶粉党，排了一个小时才买到四罐。然后我俩颤颤巍巍地拿着四罐奶粉在街头吃鱼蛋，形象堪忧。还有那些护肤品和药品，我们拎着清单，走了很多家店才凑齐。当我们把这些任务完成时，也是时候搭船回家了，本来想吃吃喝喝逛逛，结果时光都在排队中流逝了，完全没享受到香港之旅的快感和乐趣。当我把奶粉交给那位同事时，她说我买贵了，还说其实在广州也可以以同样的价格买到。那是我干过的既苦又累还不讨好的一件蠢事。

其实当初我是可以拒绝的，如果跟大家解释清楚我只是去一日游，时间宝贵，大家也会体谅我，不会勉强我，可我就是不好意思说出口。后来我才领悟到，其实忍受被拒绝，是每个成年人都具备的基本心理素质。所以我们不必害怕拒绝别人。

就像三毛说：不要害怕拒绝他人，如果自己的理由出于正当。当一个人开口提出要求的时候，他的心里根本预备好了两种答案。所以，给他任何一个其中的答案，都是意料之中的。

因此，真不必害怕因为拒绝别人而被讨厌，成年人早就对被拒绝有所准备。也不必担心会因此而失去朋友，真朋友不会介意，不能包容你的人，当然你也不必介意他的离开。

... 04

曾经的美国第一夫人、肯尼迪总统的妻子杰奎琳被世界铭记的是她的优雅和坚强，但我更佩服她遵从内心的洒脱。而这份洒脱表现在她更懂得如何通过拒绝来不做自己不想干的事，节省出更多时间来做有意义的事。

在她的传记里，我看到这样一段话：作为大名人，杰奎琳很少参加社交活动，无论多具诱惑力的邀请，如果没有意义，她都会拒绝参加。就算参加社交活动，她也只会选择自己喜欢的活动出席，比如知识论坛、慈善大会等。省下来的时间她会去做自己喜欢的事情，比如研读手稿、起草备忘录、在中央公园慢跑、练习瑜伽、参加心理疗法等。

有人评价她说这位第一夫人拥有了女人所渴望的一切，经历过大喜大悲，却懂得依从内心，继续拥抱这个美好的世界。在我看来，她之所以能一直依从内心，是因为她懂得通过拒绝来选择适合自己的事情，从不刻意讨好这个世界，却懂得时时取悦自己。她对自我的捍卫就像当年她在房间坐月子，婆婆罗丝·肯尼迪要求她走出房门与贵客共进晚餐，被她婉言拒绝的态度一样，没有谁能勉强她做任何自己不想做的事情。

但其实，即使你勉强去按别人的意愿行事，也未必能获得别人的喜欢和尊重，有时候换来的反而是得寸进尺，甚至是不屑一顾。

别人对你的尊重从来不是因为你的顺从。相反那些懂得拒绝的人，才能让别人看到你的原则和底线，也才能让自己从人情世故中得到真正的解脱。

低自尊的人需要通过讨好来体现自己的价值。但真正的强者，一直都懂得通过适当的拒绝来实现自己的价值。因为不刻意讨好，不任意迁就，往往能在不卑不亢中成为最好的自己。

面对别人的中伤，
沉默比爆发更有力量

… 01

这次清明节回家，表妹愁眉不展，经过我百般逼问她才说出原委。

“想不到姐妹们会这样说我……”

“她们咋啦？”

“她们几个在背后说我坏话，我跟她们这么好，怎么可以这样说我……”原来上周表妹跟闺蜜们去旅游，不知是被友情冲昏了头脑还是行程太无聊，同行的其他几个小姑娘偷偷盘点表妹的缺点。她们说表妹又胖又蠢，做事慢吞吞，人家走10步，她才走3步，每去一个景点都要等她，好浪费时间，还害大家有几个表演节目没看成。不知这话是怎么传到表妹耳朵里的，反正她为了这事儿不开心了好几天。

我很讨厌被人说坏话了，而且还是被自以为关系好的朋友放暗箭，这确实会让自己看起来像傻瓜。年少气盛时，如果发现别人说自己坏话，我会恨不得立马找当事人对质，严重时会中断关系，我认为这才是耿直和捍卫个人主权的优良品质。

历练多了才发现，这其实是最吃亏的行为，因别人的言论而恼怒，只是情绪的奴隶而已。有时你的怒火不仅惩罚不了始作俑者，还会把自己陷入尴尬的处境里。

... 02

最近有个亲戚不小心丢了铁饭碗的事，震惊了整个家族。亲戚工作稳定，业绩表现良好，算是单位里的骨干员工了。上个月因一时冲动打了单位里的两位大妈，接着英勇地写了封辞职信给老总。

事发前，她刚升职不久，两位大妈在茶水间交头接耳，说她之所以能上位是靠关系，甚至有可能跟上司有一腿。这绯闻传到亲戚耳里，气到差点儿爆炸。于是在上班时间偷袭了两位大妈，给了她们一人一耳光。接着三个人纠缠在一起打了一场硬仗，连高层领导都惊动了，最后以亲戚提交辞职信而结束。

现在辞职在家的她后悔不已，小孩嗷嗷待哺，老公一个人赚钱叫苦连天，婆婆嫌弃她在家，脸色一天比一天难看。她现在冷静下来，痛恨自己中了那些人的圈套。

其实不是那些人坏，而是自己的情商低。因别人的坏话而生气做傻事，是最没价值的。世界是你自己的，跟别人无关。如果你不被坏话引诱，一切天下太平。我很欣赏一位情商高的朋友，她每次听到不想听的言论，心情恶劣想骂人时，都会去茶水间泡杯茶，远离人群冷静一会儿；她就算面对最难搞的客户，也未曾见她乱发脾气，而是一丝不苟地把事干完，这样的人是职场贵族，也是自己情绪的主人。

那些被人恶意中伤，仍云淡风轻的人，最值得敬佩。

... 03

我曾看过一个叫《今夜不设防》的节目，有一期张国荣分享了他还没大红大紫前被观众喝倒彩的经历。

他说："可能那时我的形象不太讨好，打扮较前卫，加上我拍电视剧时剃光了头，很怪的样子，当时穿了件西装，戴了一顶海军帽，站在台上唱歌。唱完后脱下帽子向台下一飞，谁知道换来观众一阵嘘声。"他本想把帽子抛给观众，谁知道观众不仅不领情还骂他，叫他滚出娱乐圈，赶紧收档回家。他很难过，自己已经那么努力了，为何大家还要如此刻薄，他哭了一晚。

但第二天，他好像什么事也都发生一样回公司了，黄霑说他最佩服张国荣的"够忍得"。他出身优渥，是个公子哥儿，却那么能吃苦，对于别人的诽谤常常一笑置之。

许冠杰曾为哥哥写过一首歌叫《沉默是金》，这正是他性格的真实写照，即使当年他的粉丝和谭咏麟的粉丝骂得不可开交，他在台上唱歌，有人在台下骂他，他依然只是沉默。

黄霑说张国荣能红这么久是有原因的。我觉得，很多人喜欢哥哥，不只是因为他人靓声甜，更因为他精神的高贵。

... 04

你喜欢我，我很高兴；你骂我，我也不是很在乎。就像当年王菲被窦唯隔空喊话，她不辩解、不回话，我们喜欢王菲不正是喜欢她这种对世事不屑一顾的态度吗？李敖说，朋友不需要你解释，敌人解释也没用。人无完人，有人的地方就有喜欢说坏话的人，但那些就算被众人的坏话万箭穿心依然能早睡早起，干活利索的人才是最强大的存在。

有位朋友跟我说，她最怕别人在背后说她不好，于是她总是喜欢处处迎合别人，见机行事，可是为什么还是有人说她坏话呢，简直狼心狗肺。

可是，嘴贱乃是大众通病，就算你完美如上帝，也会被人类偷偷诅咒无数遍。

钱锺书先生曾对他的妻子杨绛说：“那些八面玲珑、善于交际的人也会被人说坏话，所以像我们这种不善应酬的人被人误会，那也很正常吧。既然无论怎样都会被说，那还不如做回自己。”

我对这句话深以为然，既然被人诋毁、误会、背后插刀是无法避免的，你也没办法讨好每一个人，那就做好自己吧，淬炼心智，以波澜不惊的心态去迎接那些不友好。

坏话不可怕，可怕的是听见坏话后让自己在难过中不可自拔，那样只会耗费自己的青春。所以，别说我的坏话，我生气算我输，我不仅不生气，还要拿别人说我坏话的时间，进步给他们看。

真正高情商的人，并不会因别人的坏话而伤春悲秋，相反他们会在别人的诋毁中越战越勇，用无比强大的内心成就更好的自己。

说话水平高的人，升职加薪也快

… 01

最近在看《好好说话》这本书，里面有句话说："说话之伤，都是暗伤，若无人点醒，至死不知。"简直不能更认同了，有时说错话比做错事对人对己造成的伤害更大。尤其人在职场，别人也许会指正你哪件事做错了，但不会好意思点拨你刚刚哪句话说得不合适。

如果哪天你觉得自己像撞了邪，每个人都在远离你，不想跟你说话，不想跟你交流工作，你就要反思，自己是不是犯了口舌之罪而不自知?

我以前在培训公司上班，有位男同事长得挺帅，但没一个女同事喜欢他。连领导对他也没有好感，我跟他共事的四五年间，他的职位不仅没有升迁，有一年还差点被炒鱿鱼。

后来我成了部门的管理者，这位男同事成了我的下属，我才更清楚地了解到，大家不喜欢他确实是有原因的。而且大家讨厌他的理由也极明确，就是他说话的方式容易犯众怒。作为领导，我亲测过其说话的杀伤力。

举个例子，有一次我叫部门的同事每人用PPT做一份半年工作汇报，每人都是一对一地在会议室里跟我汇报，过程也相当顺畅，唯独他让我很火大。我听了他前三页的PPT演讲，觉得他说话没什么逻辑。于是我建议他可以买本《金字塔原理》看看，可以训练逻辑思维，也可以理清语言结构。没想到他一开口就说："不是的，我不是说话没逻辑，我只是想把工作说得更详细而已。"我一听，反感涌上心来，为什么他第一句话就否定别人的建议，难道他觉得自己的逻辑完全没问题？

从心理学上看，不喜欢被否定是人类的天性，但他一句话就否定了我的建议，让我很难堪。接着他讲业绩汇报时，整个PPT都没关键数据，只有几行文字和几张图片。我说："没有明确的数据，我们很难对你做出准确的评估。"他继续沿用他的否定句式说："不是的，我觉得文字更能清楚地表达我的意思。"

我彻底缴械投降了，面对他，我真的有种莫名的挫败感，无论说什么都被否定的感觉真的糟糕透了。难怪没同事愿意跟他合作，估计大家也是被他的说话方式震伤了吧，他工作了五年都没有领导提携他，估计也是被气得够呛吧。

世界上真的没有无缘无故的讨厌，而说话方式是最容易惹人嫌的一种。

... 02

我另外的一个同事是说话高手，每个跟他有交集的人，都感到如沐春风。他的说话之道，令我印象深刻。

记得他当时刚来公司不久，公司有个由他主持的跨部门会议，他说话总是简洁明了，每个事项说明都用总分总的语言结构表达清楚。相比于那些滔滔不绝而又不知所云的人，他的说话方式很让人舒服。喋喋不休不代表口才好，画龙点睛才是高手的必备技能。而且令人感动的是，他记得参加会议的每一个人的名字，他跟每个人交流时，都会亲切地称呼别人的名字并去掉姓氏。

其实我们每个人都喜欢自己的名字，当别人跟你对话、给你写电子邮件、跟你讲电话时，如果时不时提起你的名字，你就会觉得备受尊重，会更加专心倾听而且认同对方所表达的事情。这是一种心理术，也是一种说话技巧。在会议的过程中，相比于某些人喜欢过多地谈论自己的见解，他更多地把机会让给别人，而且每次别人发言后，他总是能到位地总结，把会议上大家的见解精辟地总结出来，加强会议效果。每次由他组织的会议都效果奇佳，大家纷纷点赞。

从心理上说，每个人最关注的还是自己，如果你想要被别人喜欢和认同，你就要懂得换位思考，让别人畅所欲言，而让自己做一个懂事的倾听者。

这位同事后来不到一年就坐上了市场部门管理者的位置，除了领导看好他外，其他同事也是心悦诚服。

用心说话能让你在职场里少碰钉子，多遇贵人。而且能把话说好的人，是有智慧的人，他们通常更能洞察人心，懂得换位思考，了解自己，更体谅别人。别人会从你说什么话来判断你是什么样的人，所以说话水平影响着我们的人际交往。

... 03

在我看来，人人都需要提升自己的说话水平，增添个人魅力之余也能打通人际脉络。而且说话的能力不是天生注定的，而是可以通过后天修炼得来的。根据我个人的经验，可以通过以下几个方面进行磨炼。

1. 训练自己的“同理心”

尝试多角度地思考问题，任何人际沟通都意味着你需要把一些注意力放在对方身上，而不是仅仅关注自身的感受。

我曾因为下属在工作上的差错而当场发火，如此宣泄情绪不仅没把漏洞补好，还让她战战兢兢，一错再错。后来我做错事被领导骂时，才知道原来被领导当场训话，不仅心里难受，还耽误了纠正的时机。后来我再也不会随意发火了，做错事后第一时间应该是补救而不是发脾气，这才是双赢。

我平常还喜欢通过读优秀小说来训练“同理心”，通过将自己代入小说里不同的人物而变换思考的角度，这招训练法挺不错。

2. 多看书

推荐《好好说话》《沃顿商学院最受欢迎的谈判课》《蔡康永

的说话之道》《非暴力沟通》等，里面旁征博引地说了许多说话以及与别人沟通的干货。我自己在职场的沟通方面遇到壁垒时也调用了很多里面的知识来解决。

3. 学习人际交往的心理术

花点钱上些有内容的心理课程，通过课程的训练让自己能够洞察人心，因为懂人心才能在人际交往中避开雷区。

所以从今天开始，好好训练自己的说话方式吧，一定大有益处。

有适度的讨好型人格的人，是释放善意

... 01

最近很多头条文章都在狙击“讨好型人格”的坏处，这话题的燃点发生在一档节目里，蒋方舟痛陈自己从小如何被讨好型人格祸害。

蒋方舟说自己的讨好型人格表现在，无论在普通的人际交往里，还是亲密关系中，她都会尽量避免表达自己的真实情绪，害怕起冲突，害怕让别人不高兴。特别是当别人侵犯了自己的原则和底线时，明明自己已经很不愉快了，还是会一忍再忍。忍耐和不敢说真心话是讨好型人格的纹理。蒋方舟说自己在人际关系里，一直都在迷失自己，被自己的讨好型人格折磨得不轻。

其实过度的讨好型人格真的会让人痛不欲生。

前段时间“80”后互联网创业明星茅侃侃自杀事件被传得沸沸扬扬，很多人分析说，因为他负债严重，心里没办法承受巨大的压力才想不开。但最近在一份报道里看到茅侃侃身边的朋友说，他选择自杀是因为他是一个特别不愿意辜负别人的人。别人的期待对于他而言就像一块压在胸口的大石。别人评论茅侃侃的朋友圈，无论那个人他见没见过面，茅侃侃都会回复对方的评论，因为他不想冷落微信好友。哪怕是心情最难过时，他也不会表露出来，而是继续扮有趣扮开朗，不让身边的人有半点不舒服。这是典型的讨好型人格，因为他害怕别人失望，别人的看法永远是他衡量自己价值的尺子，这为他后来的想不开埋下了伏笔。

沉溺在极端讨好型人格里的人，真是又善良又脆弱，他们处处为别人着想，唯独忘了自己。

... 02

无论是蒋方舟还是茅侃侃，他们的讨好型人格都比较极端。如果别人三番四次触碰你的底线，像蒋方舟一样依然不敢生气和表达不开心，这种讨好型人格很受罪。但，在地球上，在人类社会里，完全没有讨好型人格也真的很难活下去。

扪心自问，如果我们真的完全一丁点都不会去讨好这个世界，估计我们也寸步难行。

跟讨好型人格相反的是任性地表达自己，不说讨好人的话、不做讨好人的事，自己快乐最重要。这样也挺潇洒，只是世界上任何的一种任性都会在背后标好价格。

最近在追韩剧《迷雾》，里面的女主人公高慧兰简直是神一样的存在。她为了维护自己新闻价值观，不顾一切地对抗上司、对抗同事、对抗一切拦着她的人。她也完全不考虑老公和公婆的感受，知道自己有身孕了，为了前途，她瞒着丈夫，去医院做了流产手术。如此彻底地做自己的人，看上去真的很“燃”，激励着无数想成为女强人的姑娘。可是在现实生活里，这样的人有点自私，她虽然做了自己，但完全不顾别人的感受，她在职场上好像能披荆斩棘，但情商太低。

... 03

我不赞成大家过度地沉溺在讨好型人格里，这样活着会失去个性，很容易被世俗挟裹。但完全没有讨好型人格，我行我素，从不站在别人角度考虑的人，也很容易会沦为没有同理心、自私和低情商的人。

在我眼里凡事都不能走极端主义，在人际交往里，只要别人没有触碰你的底线和原则，真的没必要怼天怼地发脾气。

有中庸意味的适度讨好型人格不会让我们丧失自己，反而能让人际关系更和谐。

适度地讨好别人不是拍马屁，而是一种顾及别人感受的善意，他们是人际情商高的人，具备解决人际冲突的能力。现实生活里能拥有解决人际冲突的能力是基本的生存技能。

那些完全没有讨好型人格的人，他们的人际情商是比较弱的。他们很难会身临其境地考虑第三方的感受，觉得自己永远是上帝。

… 04

有适度讨好型人格的人，是善良、让人舒服的人。

前同事Amy，不仅在工作上表现好，人缘好，家庭也很和睦。经过和她的相处发现，她就是个有适度讨好型人格的人。跟她在一起干活，简直如沐春风。

有次我们在做一个团队项目，分配任务时，大家都会挑一些自己得心应手的子项目做，有些难啃的硬骨头，大家都不太愿意干。但Amy会自告奋勇接下来，而且完成得很出色。也许这个任务并不是她想做的，内心也有过挣扎，但为了团队的协助能顺利，她宁愿吃点亏。但她也不是一个不会生气发火的人，一旦别人触碰她原则，她也会怒发冲冠，但如果有些事还能在底线内，她一般会退一步海阔天空。因此在职场里，她的情商很高，她能顺畅地解决职场分歧和矛盾，同事们喜欢她、领导信任她。

在家里，处理婆媳关系，她也有两把刷子。有次去她家做客，她婆婆做了一大桌子菜，其实她婆婆手艺并不好，其中有几道菜堪称难吃。但她依然能开开心心地吃着，对于做得好的菜，她热烈地赞扬，不好的就不发表意见。婆婆被夸得心花怒放，那顿饭大家也吃得很舒服，气氛很融洽。

很难想象如果同事完全没有一点讨好型人格，很直接地说出婆婆做菜的缺点，不知那顿饭后，她们俩还能不能愉快地相处。

... 05

说话让别人愉快，是一种能力，这也需要有一点讨好型人格的高情商才能做到。

武志红说，我们拥有讨好型人格，是因为怕被抛弃。

这很正常呀，我们谁不怕被这个世界抛弃呢，马克思老人家也说过，我们人类就是社会动物，我们之间是彼此联系的，而且是时时联系、处处联系。既然我们是要联系和彼此依赖的，就很难做到完全不讨好别人。

我们不需要因为自己有讨好型人格而心生内疚。只要你的讨好型人格是有额度的，能有原则地维护自己内心不被侵犯的，那其实也无伤大雅，反而是你人生里的一笔情商财富。

当然我也不反对那些特立独行，不讨好这个世界，想说什么就说什么的人，只是这种任性是要付出代价的，世界被你刺痛了，它也会反弹地刺痛你。

但无论任何，只要你愿意承担不讨好、不妥协带来的风险，毕竟，只要你开心就好。

平时主动表达情感究竟有多重要?

... 01

有一天我在知乎上溜达，突然看到一个网友很惆怅地问：“女友很爱我，但是从不主动表达，有什么不爽也不说出来，为了一点儿小事就对我使用冷暴力，我跟她相处起来真的身心疲惫，怎么解决？”

看到这一个问题，我立马代入了自己与先生之间的相处模式。我跟他恋爱时，好像也很喜欢使用冷暴力。一个月大概也会爆发一次，但我从不告诉他我为什么不高兴。

记得有一次周末，他欢天喜地约我出去逛街，我看中了很多条裙子，于是迫不及待地走进衣帽间一件件地试。第一次和第二次，他都特别认真地给予意见，但到第三次就不怎么抬头看我了，只顾着低头玩手机，随意讲两句敷衍我。我有点儿不高兴，但也不想当场爆发，于是一件衣服都没买，就走出了商场。我先生一脸无辜，不知道哪里得罪我了，一路上我都没怎么跟他交流，直接用冷暴力表达我的不爽。

其实男人怎么会明白女人逛街时什么都买不到的沮丧，越想越气，之后三天都没怎么理他。他觉得我莫名其妙，觉得自己好无辜，之后我们有很长一段时间的冷战。好在后来和好如初，但我反思了我们彼此的相处模式。

我生他气，但完全没给他正确的信号，比如告知他究竟做错了什么，该怎么补偿。老是任性地考验他，看他能否猜中我的心思，这种行为只会让彼此越走越远。但事实上他跟很多直男一样，你不明明白白告诉他你为什么不开心，他永远都不知道自己哪儿错了。

为了彼此的关系朝良性发展，我们在磨合中达成了一个共识：彼此有什么不开心，要说出来，让对方彻底地明白，绝不藏着掖着。所以，主动表达才是关系可持续发展的秘诀。

... 02

结婚后我发现，如果双方都主动表达情感，关系会更加顺遂，心情也会越来越愉快。

比如，每次他出去应酬要喝酒都会提前跟我说晚上他会晚回，如果我能煲点解酒汤放在保温瓶里，他会很开心。因为他的主动报备，让我不会因为他的晚归而挂心，可以安心睡觉。有时我忙于工作，没时间做家务，他总是会承担得更多，比如浇花、拖地、叠衣服，做得又快又好，我也会主动对他说“谢谢”。感恩其实不只限于对外人，对自己的家人更应该主动流露。

如果我们因为一些小事儿吵架，一定要在当天睡觉前讲清楚，不让事情发酵到天亮。这样做不仅让我们相敬如宾，不需要互相猜忌，而且相处起来会很轻松舒服。

所以，及时表达才是相亲相爱的保鲜剂。有误会及时坦诚，有矛盾及时解决，这是万试万灵的相处之道。

我有次去同学家玩，她父母是我见过的最恩爱、最会互相表达爱意的夫妻。阿姨在厨房热火朝天地炒菜，叔叔一会儿拿纸巾帮阿姨擦汗并说：“老婆辛苦啦。”一会儿到冰箱拿冰冻果汁递给阿姨喝一口，笑嘻嘻地献殷勤说：“是不是凉快了好多？”有时阿姨在炒菜，叔叔就在一边择菜，互相聊着今天的工作状况、各种趣闻，其乐融融。叔叔不仅在行动上关心老婆，语言上也会主动表达心疼，阿姨虽然操持家务挺累，但也甜在心头。晚上吃饭时，叔叔客气地招呼我们，也忙着夹菜给老婆，阿姨为了减肥吃得少，叔叔总是甜言蜜语地说：“多吃点吧，你吃得开心我才开心呢，你吃得这么少，我很郁闷。”阿姨被逗得哈哈大笑，赶紧吃了几块排骨。

我见过很多家庭妇女忙里忙外非常辛苦，但是丈夫从不知道感恩，从不心疼妻子，把一切当成理所当然，这会让妻子觉得心里特别苦。但叔叔的表现既温暖又有智慧，我从他那里学到了一套主动表达的学问：如果你关心一个人，那就主动说出来，让对方明白你的心疼，让彼此互通心意。

... 03

主动表达不是虚假的甜言蜜语，而是真诚的爱。

杨绛先生在读到英国某传记作家概括的最理想婚姻的句子“我见到她之前，从未想到要结婚；我娶了她几十年，从未后悔娶她；也未想过要娶别的女人”时，她把这句名言念给丈夫听，钱锺书先生当即回说“我和他一样”，杨绛也笑着说：“我也一样。”钱锺书先生和杨绛先生深情相爱一辈子，即使到了晚年，他们也从不吝啬互相主动表达爱意，这是他们爱情的保鲜秘方，也为波澜不惊的爱情激起了一圈圈美丽涟漪。两个人能白头到老，靠的不是运气，而是需要行动上的抚慰，有时也离不开甜言蜜语的表白。

在我看来，表白不是爱情浓烈时才有的特权，平淡的爱情里更应该主动表达，这不是矫情，这是能一起走下去的保鲜剂。

所以在日常生活里不妨主动向对方表达自己的心意，比如：在特别的节日、纪念日，主动创造惊喜，适当表达爱意；在双方有矛盾时，不妨坦诚相对，如果说不出口，可以用纸条代替；对方为你付出时，多主动表达感恩。

《零极限》这本书里说，多说“谢谢你，对不起，请原谅”的人更能保持愉快，获得幸福。

主动表达不是天生拥有的基因，而是通过练习后获得的习惯。

有人说，爱情能否细水长流，就要看谁能够恒久忍耐谁。这也许有一定的道理，但我更觉得两个人若能长久，一定不只是忍耐，还要有主动表达的能力。爱他，就要让他知道你的所思所想，爱他，就要让他知道你的所爱所恶。这样才能避免生活中的矛盾，在他需要的时候安慰他。爱上一个人也许不难，一起走下去才难，而主动表达会让彼此的爱情更加甜蜜，生活更加幸福，人也会越来越年轻。

放过前任，才能放过自己

如果跟前任分手了，但前任过得比自己好，找的对象又比自己优秀，大多数人，包括我，心里真的会不爽：离开我，他怎么可以过得这么好？

这时也许真的会发疯，看电视时，吃瓜子时，无聊时都会想去骂骂他解恨，“敢得罪我，让你这辈子倒霉!”但这种想法又细思极恐，这种“杀敌一千自损八百”的招数不明智呀，而且姿态全无，还让别人看透了底牌，是不是太愚蠢?

... 01

亦舒在《我的前半生》中说：“最佳的报复不是仇恨，而是打心底发出的冷淡，干吗花力气去恨一个不相干的人？”或许，这才是一个聪明的前任该有的姿态吧，多说一句都显得庸俗和浪费，就像离婚后王菲未曾多说一句婚内出轨的窦唯的坏话，即使被诋毁都懒得申诉。

但有些姑娘偏跺着脚说自己真的好难控制情绪，尤其是运气不好被渣男劈腿的女生，如果杀人不犯法，早冲上去了。可是，姑娘请冷静点，这时你更要先稳住自己，因为搞不好你不仅报复不了对方，还会让自己丑态毕露。

《我的前半生》里的女主子君被丈夫劈腿，流尽了眼泪后说了句肺腑之言：“人要脸，树要皮。一个女人失去她的丈夫，已经是最大的难堪与狼狈，我不能再出洋相。”是啊，人财两失还出洋相，是很凄凉。

女主子君本是一个毫无赚钱能力、只会让老公养的女人，婚后她只醉心于相夫教子，做幸福人妻。突然有一天，老公劈腿还收回了一切，真犹如坠下无底深渊，三魂不见了七魄。人到中年遭遇这事儿，其实她可以选择做一个死缠着不放手的怨妇，以“我过不好，你也别想好过”的心态来个鱼死网破，守护着那张安稳的饭票。可是她没有，她很有尊严、很体面地答应了前夫的要求，火速分开。分开后她也无助过、哭过、痛过，但没有自暴自弃，更没有报复，她轰轰烈烈地投入到职场中，重新适应一切。

一个人的生活，让她学会了欣赏艺术，重新燃起对阅读的乐趣，发展了各种各样的爱好，像换了一个人似的。三十三岁，人生仿佛才刚刚开始，她把自己修炼得比以往更干练、更精致、更有内涵。以前她是“美则美矣，没有灵魂”的人妻，后来她是干练的职场达人，生活自给自足，每个细胞都像重获了新生，人到中年却光芒四射，智慧、财富、美貌、爱情，全部都自动送上门来了，甚至连那抛弃过她的前夫都有重新爱上她的冲动。

在我看来，如故事中子君这样的前任才是争气的，没有你日子照样能过，而且比你过得更好。死缠烂打，一点儿也不能让自己更快乐，狭隘的报复更是自贬身价。爱的对立面从来不是恨，太爱才会恨，恨会让一个女人一夜白头，不再美丽，不再可爱。就像绝情谷里，活着就是为了报复丈夫，而变得面目狰狞、狠毒的裘千尺。

... 02

《与神对话》里说：“在人际关系中，如果你受了伤害，就必须去‘报复’，这只意味着你允许另外一个人继续对你施加伤害，对你自己或他人都不是一件最可爱的事。”

既然这样，那倒不如姿态放高一点，放过他，也放过自己，把他当成一个屁，把气放了就算了吧，而你要快乐地去寻找下一段感情。地球不会因为你很伤心而不去转动，生活还要继续。无论心里有多痛，既然分开了，那倒不如大方送上祝福。

三年前，闺蜜曾打电话跟我控诉她的前男友：“你知道吗？我的前男友跟我分手半年不到，就结婚了，真快过闪电!”

我说：“然后呢？你想怎样，去婚礼现场拆他们台吗？”

闺蜜笑着说："才不会呢，我真心祝福他啊，不适合就放手，我也要重新出发，开始我的新生活！"

她是个心宽可爱的人，分手当然很痛，但她选择向前看，主动出击去认识新的朋友，精心打扮自己去约会，一年之后，她又轰轰烈烈地开启了另一段感情。

... 03

通常气场强、能够独立生活的人，往往很能宽容前任。

在《明星同学会》中，刘晓庆接受了那位当年为了一己私利而大爆她隐私的前夫的道歉，听说这位心胸狭隘的前任还曾想杀死她并与她同归于尽，这剧情真够狗血的！但是，她在台上大度地说："早年的往事早已释怀，但当初的爱情仍会记在心里。"一般人真的很难做到，不上法院告那位可耻的前任就算了，还跟他在台上热情相拥。难怪李敖也评价她说："打不死的刘晓庆!"是啊，她内心很强大，她打不死，而且她现在过得很好。

强大的人通常比较宽容，我不介意去原谅你，不屑于去手撕你，也不想用诋毁你来获得快感，有一个更光明的世界等着我去享受，等着我去创造。

怨恨只会让人停留在过去，那倒不如与前任握手言和。对于前任，不用花时间去手撕、去谩骂、去同归于尽，让自己变得更强大，变成那个居高临下的女王，挥一挥衣袖，想赦免谁就赦免谁，这也是“我现在过得很好”的最好证明。

有段时间马薇薇手撕周玄毅的前妻也让大家看得很爽。虽然孰是孰非不好判断，但有个事实是，周玄毅现在爱的人不是她的前妻。爱只有一个理由，不爱有千万种理由，既然分开了又何必去手撕，把场面搞得这么难看，让自己也下不了台。

李敖天天骂余光中，余光中回了句：“他骂我，证明他生活里不可以没有我，而我可以没有他。”

骂他，证明你还爱他，不可以没有他。笨蛋，他都不爱你了，骂来干吗？还不如当个优雅的前任，重新出发，寻找值得你去爱的人。

《与神对话》中说：“你的拯救不在别人的行动之中，而在于你的重新行动之中。”

痛就让它继续痛吧，但是我们不撕、不骂、不浪费时间，我们选择重新出发。

远离见不得朋友
比自己过得好的塑料花友情

… 01

张雪上个月跟我吃饭时吐槽说，她最近半年跟朱丽没那么好了，尤其自从张雪买了一套一百六十多平方米的房子后，朱丽对她的态度更是忽冷忽热，有时还话里有话。

朱丽和张雪是一对十年以上的好闺蜜，但最近两人的友情出现了微妙的裂痕。有次张雪在朋友圈发了九张新房子布局图，很多朋友都留言点赞。唯独朱丽在下面留言说，你家的风水很不合理，厕所对着厨房，水火不容。很多凶宅都是这个格局。而且你一个人住那么大的房子，多可怕。这条留言让本来不信风水的张雪心有戚戚，而且她买大房子是为了让父母也过来一起住。本来欢天喜地迎新居，想不到被最好的朋友泼冷水，心里有点难过。

朱丽其实是个挺仗义的人，当年张雪一个人到这座城市打拼，穷困潦倒，好在有朱丽借宿舍给她住，借好看的衣服给她面试。但近年张雪事业风生水起，而朱丽所在的单位一直没什么起色，工资十年如一日，上一年生了小孩，想转工作也有点为难。因为彼此发展不对称，朱丽看张雪越来越不顺眼。以前无论张雪在朋友圈发什么，朱丽肯定第一个点赞，现在却要么不理不睬，要么就留言像个炸弹。

张雪也在反思自己，可能是因为自己在朋友圈暴露的生活过于美好，刺痛了好朋友的心，让友情渐行渐远。所以她现在也不敢太得意忘形地晒朋友圈了，怕有些朋友看了不舒服，影响感情，有时候忍不住分享幸福时光，也只是对自己家人可见。

... 02

有时候想，在朋友圈里不应该多点分享幸福和快乐吗，跟朋友晒最近的幸福点滴，怎么就成了如履薄冰的行为了？

或者有时候，人不会厌朋友贫，但会有憎人富贵，害怕朋友过得比自己好，大概是友情里最难以启齿的阴暗面了。也许在友情里，锦上添花比雪中送炭更难。

一切对朋友的妒忌，本质上都是对没能改变现状的愤怒，自以为把这种愤怒转化成嫉妒就能让自己好过一点。但其实这是自欺欺人，而且彰显自己的自卑和不安。那些心里充满安全感的人是很难会嫉妒朋友的，因为他本身就有能力和信心过上快乐的生活，这种温暖和磊落让他们做人很有格调。

张国荣有次在《今夜不设防》里说起一段往事，香港有个节目叫《劲歌金曲颁奖典礼》，凡出席这个典礼的歌手，事前都接到通知，自己有份得奖才会出席。那时他有首歌叫《风继续吹》很红，但并没有得奖。那时他事业刚露出点眉目，但歌红人不红，但哥哥知道自己没有得奖都照样出席。原因是他为自己的朋友们能得奖感到高兴，他去是为别人助兴的。他很绅士地坐在台下一角，欣赏好朋友们上台拿奖唱歌，他内心当然有点落寞，但依然由衷祝福朋友取得好成绩。

黄霑说，在娱乐圈只有张国荣有这种体育精神和雅量。一般歌手明知自己没奖拿，还去现场这不是丢脸吗？但张国荣不是，他去现场是出于真心真意的祝福，他一点也不嫉妒朋友发展得比自己好，而且他也自信，终有一天他也能站在台上拿奖。

事实上他不过两三年后就成了势不可当的超级巨星，拿奖拿到手软。在娱乐圈的好人缘也无人能敌，几乎每个跟他接触的朋友都觉得他的气场舒服，佩服他的修养和气度。

真心祝福别人过得比自己好，不会让你损失一分运气，反而收获更好人缘，更能专注自己的生活和事业。

... 03

有时，当朋友之间原本的平衡被打破，嫉妒心就会开始试探你，正如《三傻大闹宝莱坞》里的台词说的那样：“朋友失败，你很难过，朋友成功，你会更难过。”因为我们习惯了对比，尤其习惯了跟亲密的朋友对比，有了对比就会有嫉妒，最后把友谊逆袭成一场竞赛。

上一年高中时代的班级举办了一次同学会，但是参加的人不算很多。那次聚会有勇气来参加的人，都是近年发展得比较好的同学。其中我看到了穿得优雅大方A小姐。我记得她曾经跟班里的B小姐玩得很好，于是顺便向其问B小姐的近况。不料A小姐说，当年自己考上了名牌大学，而B小姐考砸了，之后关系就有点疏远。主要是B小姐不怎么理她了，发短信也不回。后来A小姐到她家找她，想安慰下好朋友失落的心，想不到遭B小姐说她是过来炫耀的。A小姐的心碎了一地。

有些人，你跟他的友情是经不起现实的考验的，在生活里，你们要么一起好，要么一起不好，要么你不好她好，这样对方的心才觉得舒服。这些经不起一枯一荣的考验的友情，不是真正的友情。真心实意祝福对方比自己好的友情，才能良性循环发展。成熟的人不会陷入嫉妒的旋涡，因为他们知道，祝福和鼓励才是友情存在的意义。

活在这个世界，本来就很难，为什么要用嫉妒折磨自己和为难别人，对于朋友，我们交出真心去爱就够了。

... 04

莎士比亚在《奥赛罗》里说："您要留心嫉妒啊，那是一个绿眼的妖魔，谁做了它的牺牲品，就要受它的玩弄。"

由此推理，友情如果不带着祝福，而是被嫉妒控制，注定要壮烈牺牲。

我曾经看过一篇文章说，女人的一生里要跟周围的朋友打五场仗：在学校里比成绩，工作后比职业，结婚后比丈夫，生育后比子女，子女生育后比孙子。没完没了。

看待朋友比你好的部分，你欣赏就好了，比较只会衍生妒忌和不安。每个人都有自己的际遇和运气，即使你往死里去嫉妒一个人，他的际遇和运气也不会复制在你的身上，你依然有你的轨迹，他依然有他的路要走。

对于朋友，我们从来不需要嫉妒，只要他们过得幸福，就够了。

善于鼓励别人的人，运气不会差

… 01

最近在读李笑来老师的《财富自由之路》，其中有句话让我醍醐灌顶，恨不得赶紧摘抄下来订在床头，用来一日三省。书中原话是这样的："鼓励绝对是这世界的稀缺资源。如果你是个善于鼓励他人的人，那么你会直接获得两个好处：第一，身边的人会不由自主地喜欢你，谁不喜欢拥有稀缺资源的人呢？第二，随着你鼓励他人，你会慢慢变成一个无须他人鼓励的人，变成正能量的本身。"

深以为然，其实鼓励别人是一件举手之劳的好事。

但现实里并没有很多人喜欢这样做，我见到的更多的是泼别人冷水，看见别人进步不鼓掌而是翻白眼，遇到别人低潮不送暖而落井下石，全身散发着低气场的负能量人士。但其实泼冷水、见不得别人好的行为最不利己，会让你负能量加持，人人闻风丧胆，人缘运直线下降，连带运气也不顺畅。

以前我有个舍友，在宿舍里的口头禅就是，你们这么努力有什么用呢？看到宿舍的其他人拼命地备考公务员，频繁地去自习室做行政测试题，到图书馆打卡，她都会在宿舍一边涂指甲油一边冷冷地说：“能否考上公务员，还是得看后台够不够硬，你们拼了老命还不是不如人家拼爹。”当舍友小琳非常厉害地通过了国考的笔试，其他舍友都击掌鼓励时，那位负能量的舍友继续跳出来说：“好戏还在第二轮的面试呢，听说那些有钱有背景的人都买通了考官的，你再口齿伶俐再有颜值，还不是会比不过人家。”后来没钱也没干爹的小琳顺利通过了面试，体检等全部过关，名正言顺地当了一名为人民服务的公务员。而那位泼冷水的舍友被啪啪地“打脸”。

经过多次这样的事件，平日里大家都对她敬而远之，因为怕被她的低气压伤到。我们有什么兼职、就业信息都不太喜欢跟她分享，怕换来的又是一顿打击。曾经有位大咖说，那些容易取得成功的人，一定是最能获取信息的人，信息对称才能让你越走越顺遂。但是我那位舍友，因为大家都不喜欢跟她分享信息，她知道的信息面越来越狭隘，朋友越来越少，大家有好的工作机会也不愿意告诉她。她在毕业找工作的过程中也遇到了比别人更多的困难，宿舍里的其他人互相鼓励、互相分享应聘技巧和信息，而她只能孤军作战。

其实那些不喜欢鼓励，只会消极打击别人的人，无论人缘运还是贵人运都会走下坡路。就像我那位舍友，听说她后来在职场混了很多年，事业运也不见起色。

... 02

有些人说，老是对别人说好话，那不是拍马屁吗？其实做个懂得鼓励别人的人不等于讨好人格、马屁精。鼓励别人其实很简单，当别人遇到低潮或有进步时，一句朴素的“我支持你”就已经是满满的正能量。

就像当年张国荣和林青霞一起在荒山野岭拍《白发魔女传》，林青霞感怀身世哭了起来，哥哥只是说了一句：“我会对你很好的。”然后借肩膀给女神哭。今时今日林青霞还是记得哥哥给她的鼓励和温暖。哥哥在娱乐圈的人缘和事业运都顺风顺水，这跟他喜欢鼓励人的性格很有关系。

那些喜欢鼓励人的人，一定是贵人运最好的人。道理很简单，没有人喜欢被打击，大家都喜欢被正能量包围，喜欢被鼓舞。当大家都喜欢跟你做朋友，跟你分享各种有趣的信息，喜欢跟你交流，你的整个世界都会比那些神憎鬼厌的人更光明，更愉快，更顺遂。

最近跟一位退休的老人聊天，她就是那种特别正能量特别会鼓励别人的人。她年轻时是在国有单位幼儿园里当幼师，后来还被提拔为园长，一直干到退休。她在饭桌上聊起自己的命运时，一直谦虚地说自己的命很好，虽然自己在单位里学历不是最高的，但是领导和同事却给了她很多机会。但事实上她的好运气不是上天白白给她的，全因为她性格好，散发正能量。她照顾幼儿特别有耐心，小孩跌倒了，她鼓励他们站起来，小孩子在日常小事里表现得好，她给予他们鼓掌和小礼物，孩子们都喜欢她。相比于现在那些小孩一哭就用针扎的幼师们，她简直是业界良心。平日里，同事们有什么烦心事，也是喜欢找她倾诉，有些女同事怀孕了，心烦气躁，找她聊天，她总是每次都能从心坎上安慰到别人。而且在语言上给予别人温暖的建议外，行动上也会分担更多的工作来支持同事，让她们能安心养胎。

领导喜欢她在工作岗位上的正能量，同事们喜欢她在相处交谈中发散的正极气场。人都是喜欢趋利避害的，对于正向的人，大家都喜欢跟她交朋友，喜欢帮助她，有好的机会，也会第一时间想到她。老人回顾自己顺遂的一生，归结为自己运气好，但其实是因为吸引力法则在发力。她那正向的心念，鼓励人的思维，把好的人好的事都愿意在她身边归队而已。

... 03

在生活里，我们都不喜欢泼冷水、低气压的人，但事实上我们偏偏很容易成为这样的人。

有次在同学聚会里，我们中有位女孩，好不容易交了个条件不错的男朋友，心花怒放地把这个好消息分享给大家，每个人都真挚地送上祝福。只有一位叫王玲的同学冷冷地说了句：“以你这样的条件，别人为什么会看上你？小心被骗财骗色。”那位刚谈恋爱的女孩心情瞬间结冰，聚会里的空气突然安静。然后在整个聚会里，大家都不怎么爱跟王玲说话，怕不小心被她刺伤。后来再有聚会，大家都不敢邀请她了。

很多人说，自己就是个率直，想说什么就说什么的人。但其实这不是率直，这是缺乏同理心。懂得换位思考的人，就会发现，其实心直口快地泼冷水伤人最深。

有心理学家说，那些喜欢泼冷水的人，也是心理焦虑、没有安全感而脆弱的人。当他们看见别人进步，心里就不开心，因为对比之下，会显得自己退步和失败。于是，为了捍卫自己的自尊心和小骄傲，他们宁愿损人不利己地泼冷水，也不要鼓励你，因为一旦启动鼓励人的模式，心里就隐隐作痛。

可是泼别人冷水就能捍卫你的自尊了吗？恰恰相反，自尊不是通过负能量的行为获得的。正能量才能让你越走越远。那些善于鼓励的人，在促动别人时，也在鞭策自己，他们内心充满自信和能量，对未来充满安全感，让他们越走越顺畅。

这个世界负能量已经够多了，微博里天天都有吃瓜群众在口诛笔伐，职场里宫斗剧日日新鲜，人与人之间日益疏离。但其实，生活里并不是你死我活才能让你上位，就像李笑来在书里说的，只有对立的时代早就过去了，双赢的局面和机会变得更多。

那怎样才能双赢？在我的理解里，双赢就是互相支持互相鼓励，让彼此都成为对方的贵人，共生共长。

你的教养，还体现在你的吃相上

... 01

在微博热搜里，有网友总结了几种吃火锅时最令人讨厌行为，排名前三的有：吃一口发现没熟放回锅里继续煮；一直用自己用过的筷子在锅里搅来搅去；自己不放菜，光吃别人放的……看来吃火锅也能看出众生相，一个人的吃相比面相更容易显露自己的修养和内涵。

在微博上有个网友说，他跟女朋友分手就是因为一顿火锅。每次吃火锅都是他在控制火候、放材料，而每次当他开吃时，女友已经吃光锅里所有的菜。后来他终于忍无可忍，与女友分手了，他觉得在吃饭时表现得自私自利的人，在其他事上也难以“有福同享，有难同当”。

在我眼里，要不要跟一个人深入交往，大概跟他吃一顿饭就心中有数了。你的教养，全在于你的吃相上。

刚工作时，女生佩佩坐我隔壁，每日午餐，她都喜欢点外卖。当我把饭盒打开，才吃了几口，她已用风卷残云之势吃完了。我用余光扫了几眼她吃饭姿势，简直大开眼界。她把一口饭刚送进嘴里，还没嚼碎，就又开始吞进一个鸡腿，那种大口吃肉的豪爽，堪比《水浒传》里的英雄好汉。有时她没吃饱，还喜欢拿自己用过的筷子去夹别人碗里的饭菜，发扬“同甘共苦”的精神，而我的饭常是她的猎物。我不介意分享食物，但对别人的口水有点嫌恶，而且也不太卫生。她吃饭粗鲁、不拘小节的作风也完全是她做事的缩影。她经常把工作卡位搞得像灾区现场一样，被HR列为重点观察对象。她自私自利喜欢越界，老是顺手拿别人桌面上的纸巾擦嘴，连招呼都不打。她工作马虎，每次抄送的邮件都错漏百出，她写文案跟吃饭一样，从不喜欢细细咀嚼，总是囫囵吞枣，草草了事。

在我眼里，吃相跟做事是顺承关系，吃相奔放不羁的人，你也可以推断她做事也潦草粗糙，如果与之共事，凶多吉少。

... 02

有一次，领导带我们团队一起接待从美国远道而来的培训专家，为了让专家好好感受粤菜的魅力，领导选了一家五星级酒店。

当时我们坐在旋转餐桌前，桌上的菜会轮流经过每个人面前，人人都有机会尝到不同的菜式。但同事高敏似乎很喜欢吃白切鸡，她老是把这道菜转到自己面前。人家专家本来就不习惯用筷子，连一块肉都还没夹稳，高敏又开始转动餐桌上的菜了，然后用筷子灵活地把最美味的鸡腿夹走了。领导对高敏翻了几次白眼，但她居然毫无察觉，继续若无其事地吃吃喝喝，人家专家没说什么，但作为东道主的我们却感到无地自容。

后来领导再也不敢带她一起出去见客了，大家都知道为什么。在饭桌上失礼，下一秒有可能就是失业。

有时你的职业素养不仅表现在你的做事能力上，还体现在你吃过的每顿饭的细枝末节里，你的一举一动，别人尽收眼底。

... 03

每次跟朋友程程出去吃饭，都像中了六合彩一样。

有次我们一起吃西餐，我点了一份牛排意粉套餐，她点了一份海鲜焗意粉。当我大刀阔斧地切牛排，用刀叉卷起一大团意粉塞进嘴里时，突然有点后悔。因为与对面程程的吃相相比，自己像个野人。只见她右手握住叉子，在装着海鲜意粉的碟子里挑起了两根意粉，用握着勺子的左手顶着叉子转动，把面条卷成小团后再轻轻地送进嘴里。

深受打击的我问：“用得着这么慢吗？还不如像我一样把意粉卷成一大团吃得爽快。”

她笑着说："吃意粉的正确姿势是每次只能用叉子卷起两条意粉送进嘴里，如果不养成良好的西餐礼仪，下次跟外国客户吃饭就很容易出丑。"她说得也有道理，上次有位同事跟外国客户吃饭，忘了美国人最讨厌吃饭时吐骨头，她偏偏点了一个田鸡煲，整个晚上一直在吐骨头，这让贵宾觉得她非常不礼貌，差点儿危及整个项目。

朋友吃相高级，除了从小养成的好习惯外，还在于她对自己的严格要求。据我观察，她那让人舒服的吃相，全在于以下几点做到了位：食物在她口腔里常会咀嚼超过三十下才会吞下，这样既有利于减肥又减轻了胃部负担；嘴里的食物吞完，她才敢说话；饭桌上不随意给别人夹菜，就算夹菜给长辈，也会用公筷；点菜量力而为，绝不会为了摆阔而浪费食物。程程的吃相跟她的为人一样，优雅大方，从不令旁人尴尬。公司有重要贵宾要接待，领导就会派她上阵。因为她的行为举止得体，做事稳妥体贴，令人安心。吃相好的人，连事业运都比别人好。

... 04

有些人在饭桌上像个皇帝一样，点菜不在乎旁人的口味，也是令人不快的。

同事因升职请大家去高级餐厅大吃一顿。身为四川人，他无辣不欢，于是选了一家重庆菜馆，他按照个人口味，点了十二道的渝式辣菜，可是我们这帮广东人就"悲剧"了。他越吃越快活，边吃边问："你们千万别客气，多吃点，都是为了你们点的，这菜太好吃了。"他大饱口福后，得意扬扬地用牙签剔牙，而我们一众广东同事在旁边辣得快哭了。

可是另一位朋友，你跟他吃饭简直如沐春风。他请你吃饭前会问你喜欢吃哪种菜，到了餐厅，他会让侍应把菜单给你，然后各自点自己喜欢的菜。在吃饭过程中，他不会一味只讲自己的事，而是不时地倾听别人的所思所想。你说话时，他会一边细嚼慢咽，一边抬头倾听。

在我看来，吃相好的人，不仅是吃饭姿势大方得体，还在于懂得照顾别人的感受。

当然吃饭最重要的还是贵在舒适感，正如梁实秋先生在《吃相》里说：吃饭能充分享受，没有什么太多礼法的约束。

细嚼慢咽，或风卷残云，均无不可。吃的时候怡然自得，吃完之后抹抹嘴鼓腹而游，像这样的乐事并不常见。

吃饭最关键的还是取悦自己，我们也很难做到绝对的淑女或绅士。尽管如此，我们还是要像约束我们的身材一样约束我们的吃相，不要献丑于人前。

Chapter 5

你应付生活，生活就会应付你

最好的辞旧迎新，是减少无效社交

... 01

每一年快到头的时候，一年一度的社交武林大会即将剪彩。

不少社交达人开始变换着高档衣服、精致妆容，跟一堆素未谋面的人尬聊，堆砌着生无可恋的笑容，手势熟练地传递名片，时不时拿起红酒杯说："Cheers！"

有位同学曾跟我特别申明："快年底了，要参加很多饭局，这是认识大咖的好时机，如果要约我吃饭，请排到年后再约。"在他看来这是一个又一个积累人脉的好机会。

我理解他想突围的野心，可是你认识了大咖，大咖可能挥一挥衣袖就把你忘了。如果自己跟大咖不是一个水平，他手上的资源不会流到你那里，就算你跟他死磕了三十瓶白酒，狂喝二十瓶红酒，直到爆肝，他也不会成为你的朋友。

人脉也是等级森严的，所谓有效的社交一定是资源对称，能等价交换，彼此能愉快交流，看到利益前景，有来有往，否则等待你的只是冷漠翻白眼的无效社交。

... 02

在我眼里，无效社交常常是那种无法给你的精神、感情、工作、生活带来愉悦感和有效进步的社交活动。这种社交活动不仅浪费时间、身心疲惫，而且特别容易迷失自己。

我前公司有位同事东东，特别喜欢参加一些HR大V的线下聚会，这些聚会邀请的对象经常是些精英高管，而我这位同事当时还是新入职场的小白，但很有上进心，希望能抓住每一个上升机会。

当时我们所在的是培训公司，内部有免费邀请码可以给自己同事去，东东每次都能想方设法从领导那里拿到名额。所以他每个周末都特别忙，忙着参加各种HR线下聚会，不管这个聚会的定位适不适合他，反正有社交活动就向前冲。在那些聚会里，很多高管聊的话题他都跟不上，只能全程尬聊和堆砌奉承的笑容。

一年下来，他积累了挺多人脉，但这些人脉都只是躺在他微信朋友圈里而已。东东主动加了很多HR高管的微信，每次别人发什么动态，他都热情点赞。但是他发的动态，大咖们根本就没心看，更别说礼尚往来地点赞了。

有次他想跳槽，把个人简历通过微信发给了几位HR，但回音渺茫，有的叫他等消息，有的连一个字都懒得回，只有无限的沉默。他很苦恼，明明自己已经很主动地跟社会产生联系互动，很多成功学都在倡导要多社交，积累人脉，自己不是都在响应这种号召吗？可是效果却凄凄惨惨戚戚。

其实社交并不能让人跃升层次，只要当你真正变优秀了，跟那些牛人同一个层次，你的社交才能真正有效。东东每个周末都在社交，根本没静下心来提升自己，核心能力没有精进，就算那些HR手里有再好的岗位也跟他没关系。

参加再多的无效社交还不如先打磨自己，把时间浪费在让自己变好上，才是最高性价比的事，否则再有人脉的社交圈也是走马观花。

社交是必须的，跟同行或知识对等的人交流也很有快感和受用，但是不能没有任何甄选就稀里糊涂地积极响应。适合自己的有效社交才能让人心情愉悦，才能结交到志同道合的人脉。

... 03

我认识一对在银行里担任高级客户经理的夫妇，他们的社交应酬堪比国家领导人，尤其每年年底，基本每顿饭都不在家里吃，无数的饭局排队招手。其中有一些饭局就是跟一些无聊无趣的人喝酒吹牛。

他们家的儿子才两岁，但夫妻每天都忙于应酬几乎从没亲自带过儿子，有时候孩子爸爸放假，宁愿附和兄弟们的酒会，也不带孩子到公园溜达。全靠家里老人帮忙带着，但老人精力不够，也很少带小孩到外面玩，导致现在孩子很怕陌生人，也不够自信。有次孩子在楼下跟一群孩子玩，其他孩子都懂得分享玩具，只有他们家的孩子死死抓住自己的玩具，舍不得邀请别人一起玩，也不懂得跟小伙伴交流。

老人带的孩子始终比不上亲生父母的陪伴，缺少父母陪伴的小孩常常会缺乏自信和安全感，小孩在三岁前是建立安全感的关键时期，但父母却在无数的社交里抽不出时间教养。

有些无效社交占据了大部分人的生命，但偏偏重要的人却在他们的时间里分不了一杯羹。我们一天只有二十四小时，除了睡眠我们应该把剩下的时间留给值得的人，而不是那些匆匆过客。

... 04

在现实里有好多人都会被无数的社交绑架。只有聪明的人才能在其中有智慧地取舍，该把时间投资在哪个篮子里，在他们心中一直泾渭分明。

在社交上拎得清的人，常常是最懂得投资自己的人。

在《杰奎琳，最优雅的第一夫人》里有个细节说，这位个性十足的总统夫人，虽然每天都有很多具有诱惑力的邀请，但她很少参加社交活动。而她一旦出席，那些场合都是知识论坛、筹款委员会大会，或出版社集会等。她不喜欢参与太多没有意义的社交，省下来的时间，她会做自己喜欢的事，比如研读手稿、起草备忘录，在中央公园慢跑，练习瑜伽，参加每周一期的心理疗法等。她把时间投资在自己想要变成的方向上，而不是被无聊的社交牵着鼻子走。

当一个人拎清个人时间的排位次序时，才是智慧的开端，成熟的开始。

记得当年刚大学毕业时，我也会很迷茫，不知道该往哪个方向走，于是我像没头苍蝇一样到处参加社交，凡是公司有线下活动，一定会第一个报到。但是那些线下活动对我帮助不是很大，对着一大桌子人尬聊，真有种生不如死的酸爽，虽然我好像认识了很多人脉，但是一转身离开会场，我们此生也不怎么联系了。

自以为结交的人脉就是我们的救世主。但其实我们忘了能握住命运咽喉的还是自己，如果你的业务能力还不够好，再多的职场社交也是竹篮打水一场空。与其参加那些让自己不享受的无效社交，还不如静下心来好好钻研业务、精进个人能力。跟一群无趣者应酬，不如给自己的独处思考留白。

李敖说，现在的年轻人最大的问题是无趣当有趣，其实不仅如此，我们还喜欢把社交无效当有效。所以今年，我对自己的要求是尽量减少无效的社交，让自己有更多时间独处和精进，更多时间和值得的朋友交往，不把时间浪费在忍受陌生人的乏味与无聊上。

一年时间很长，请用有意义的事填满它；一年时间不长，别让闲杂人等消磨它。

那些怕麻烦的人，永远过不上自己想要的生活

... 01

朋友到我家做客，看到天台上种满了玫瑰、茉莉、桂花、杜鹃，绚烂之极，很是羡慕，表示好想把我家的景色复制到她家的阳台上。于是我送了些花苗给她回去培植，临别时，我再三嘱咐：玫瑰记得天天浇水，两周要施一次肥；茉莉要有足够的阳光，两天浇一次水也OK。她点点头，并郑重其事地记在了本子上。

上周我在微信上用语音问她养花进度如何，朋友支支吾吾说："花儿基本死光光了。"并委屈地解释说："可能我的性格真的不适合种花，太麻烦啦，又浇水又施肥实在费时费力。"

"怕麻烦"是朋友最大的心魔，以我对她的了解，只要某件事

过程麻烦，她就会早早打退堂鼓。比如她想有苗条的身材，但每次约她去健身，她都会振振有词地说："去健身要换衣服，带水壶等各种装备，完事后还要洗澡，好麻烦，我在家铺个瑜伽毯，伸展一下四肢就行了。"其实这只是自欺欺人的措辞罢了，她家的瑜伽毯早就落了好几层灰了，她在家的大部分时间就是躺着。

因为怕麻烦，她常陷入抱怨自己的生活不够精致有趣，身材不够苗条的死循环里，可是又不可自拔地让自己躲在麻烦的隔离区里。

其实我们祖先天生有趋利避害的基因，"避害"除了避开危险的事外，还包括麻烦棘手的事。虽然怕麻烦是我们的天性，但美好的生活只属于与天性博弈、迎麻烦而上的人。

... 02

我欣赏那些从家居布置到一日三餐都追求品质的人，我自己也尽力往这个方向靠拢。

有个同事特别喜欢过节，无论什么节日总是能被她过得兴头很足。有一年圣诞节，她邀请我们到她家吃大餐，我们发现同事家布置得很有节日氛围，在电视机旁放置了一棵翠绿的圣诞树，树上挂满了礼物、小铃铛和小灯泡，树底下还有礼物盒和可爱的小鹿，家的每道门上都挂了圣诞环和铃铛，看得出她花了很多心思筹划。她为我们做的烤火鸡非常美味，每个环节都十分有趣，记得那年圣诞我们每个人都过得很尽兴，都沉浸在圣诞节的愉悦里。

同事说每一年圣诞她都会用心筹备，虽然布置家居费时费力，节后还要拆下来清洁封箱，操作起来好像很麻烦，但她却觉得很有意思，因为这不仅是一种仪式感，更是为自己创造美妙生活的一种方式。

对于过圣诞节，我以前在心里也偷偷想过一万种方案，但因为嫌麻烦从没实践过。我每年圣诞节都是与爱人直奔各大商场，感受别人为我们营造的圣诞气氛，吃着别人为我们做的圣诞大餐，表面上好像很愉快，但这种快乐来得快，消失得也快。

有位医生同学，因为工作的关系，她跟女儿分隔两地，她在广州，女儿在深圳。作为外科医生的她非常忙碌，有时候一周只能休息一天，但她仍然坚持每周回去看女儿，但过程真的很累啊。她不会开车，每次都要提前买高铁票，拿着大包小包坐地铁到高铁站，这样折腾也耗费了大半天时间，有时候从深圳赶回广州都三更半夜了，第二天还要上班，搞得非常疲惫。身边很多朋友也会劝她：“你没必要每周都回去呀，这样来回太麻烦了，一个月回去一次也可以。”可是她很淡定地说：“我不怕麻烦，跟女儿相处的时光能抵消一切麻烦。”

我很佩服她的毅力，也深信世上所有的美妙重逢，都是从不怕麻烦开始的。有时我们亲情的疏离、友情的转淡也都是从怕麻烦开始的。朋友约你吃饭，你觉得山长水远，而且还要梳妆打扮，于是委婉拒绝，次数多了，朋友也懒得约你了。任何关系的维系，都需要有冲破麻烦的魄力才能长久维持，不怕麻烦才能真正体会相逢的喜悦。

... 03

最近看了一本关于民国名媛唐瑛的书，原来她质感的生活，饱含了她不怕麻烦的心思。譬如即使不出去交际，她每天也要换三套衣服：早上是短袖的羊毛衫，中午出门穿旗袍，晚上家里有客人来，则着西式长裙。这种换衣服的频率，我们普通人想想都觉得折腾和浪费时间。但凡把生活过得有品质的人，总是会比别人更愿意花费心思。

很多读者都深知我喜欢煲汤，为了让自己的一日三餐吃得更精致和有营养，我花了很多时间研究煲汤食谱。有次我在微博上放了几张我亲手煲的花胶鸡脚汤，有位网友很欣赏，私信问我汤谱。我很热心地在微博上告知她，花胶要提前一晚浸泡；因为花胶有腥味，所以要放进用几滴白酒和姜混煮的开水里过一分钟，剪掉指甲后的鸡脚要和瘦肉细心处理好，放进开水里过一分钟。她听后觉得过程好麻烦，问能否推荐几款操作简便的汤谱。后来我给她推荐了一款傻瓜都会煲的紫菜蛋花汤，她又觉得营养不够。

要吃到好东西，当然就要付出代价，你看中国的名菜，诸如北京烤鸭、佛跳墙、东坡肉等，哪一道不是工艺复杂，哪一道不深藏厨师们的匠心？

松浦弥太郎先生有句话总结得很精辟：做菜最有趣的地方是那些要花工夫的一道道工序。做好的餐点之所以好吃，品相之所以好看，全是因为在过程中你细心地捞去了浮沫，或切菜时你用了不同的花样，就算费事也不偷工减料的缘故。

所以要在舌尖上品尝到顶级的人间美味，费事一点儿理所当然，你看那些星级饭店总是排长龙，花两个小时等待也是物超所值。

... 04

那么我们该如何培养自己不怕麻烦的生活方式呢？在我看来有以下几点：

1. 从讲究一日三餐开始

尝试提早一个小时起床，为自己烹饪一顿精致的早餐，就算只煎一个鸡蛋、煮一杯牛奶，也比在路边摊匆匆忙忙买一份有营养。

2. 对事物要有研究精神

梁启超说：一个事物有趣味，是因为它会激发你去深入探究。我觉得反之也一样，你越不怕麻烦去研究你想去做的事，你越会发现其中的乐趣。比如家居布局、美食烹饪、种花养鱼，越精通越觉得有滋有味。

3. 重视节日仪式感

赋予节日仪式感的人，就是赋予生活热情的人。在筹备节日的细枝末节中，会锤炼我们的耐性，让我们对生活更有盼头和信心。世上所有的美好，都藏于麻烦之后，你越不在意麻烦，你体味到的乐趣就越多，挖掘到的人间清欢就越高级。

因为好的东西从来都不是拱手相让的，而是亲手开采的。

当你认真地做好当下的每件小事，悲伤根本无缝植入

... 01

近日郑秀文在节目《心情约会》里说，她最难熬的时期抑郁症爆发，连起床都成问题，跟身边人联系只能通过传纸条。想不到平日人前光芒万丈的天后也有这样的一面。那时她刚跟许志安分手，电影《长恨歌》票房惨淡。

长达五年的时间，郑秀文远离大众视野，离群索居，撤销了所有商业活动，只是偶尔在《明报》发表专栏，可想而知，她病得不轻。直到2009年，她才正式回归乐坛，真是脱胎换骨，她在台上劲歌热舞，活力四射，好像之前不过是感冒了一场而已。在复出的采访中，她才正式承认自己患了严重的抑郁症，但现已痊愈了，“我

曾经痛苦到完全见不了人，广告也拍不了，钱也赔了。”她说这句话时，虽然表情轻松，可是作为歌迷的我们知道她经历过什么。

她是一个为了穿旗袍好看，只吃五口青菜的大明星，可见她平常是如何把自己逼到死角里的。极度追求完美的人，也是最不堪一击的人。事业、爱情都失意，让她觉得自己的人生一败涂地，毫无意义。经历了多番挣扎，最后在母亲和朋友的鼓励下，她开始拯救自己。

拯救的第一步是从不同的角度看待人生，其实人生的支点不止事业和爱情，还有很多其他事可以选择。为了抗击病魔，她坚持每天跑步一千米；在情绪低落时期，从零开始学习厨艺，为家人烹饪美食，转移悲伤；再难过也坚持写作，为情绪找到宣泄的出口；她关注情绪病人，分享经历，帮助别人；她做善事不遗余力，亲自到灾区探访灾民。

不管你是百姓还是天后，上帝若要试炼你，真是人人平等。在这场试炼里，她用事业外的其他支点全力帮助自己渡过难关。她在自己的书《值得》里说：“我要感谢这场忧郁症。”

日子再难熬也有结束的一天，凤凰涅槃后的郑秀文焕发了全新的生命力。

... 02

我深信，每个人都有帮自己渡过劫难的法宝，只是你还没发现而已。

当你觉得生活很难熬时，不妨学学郑秀文，像她一样为生活找出新支点，从自己感兴趣的地方着手，比如修读一门课程提高学历、做一件善事、为朋友们煮一顿大餐、尝试坚持一项运动等。在难熬的时期，除了落泪，还有别的选择，世界上有很多路，只要你愿意走，便能活出自己的快乐。事实上，当你过好当下，不死盯着痛苦，日子也没那么难熬。

在一次培训饭局上，朋友菲菲分享了她的经历，情节足够拍一部悲情国产剧了。母亲早年离世了，疼爱她的爸爸两年前也出车祸去世了，作为独生女的她，还没来得及悲伤，就要全权负责爸爸的丧事。正当此时，她突然发现银行卡的几十万存款没了，余额只剩下二十块。原来她的先生没经过她同意，就转走了她的全部存款去投资，血本无归也没告诉她一声。事情发生半年后，她跟老公离了婚，把工作地点转移到了北京。她把悲伤转化在工作上，做方案做到深夜，与合作方博弈，到世界各地出差。

我惊讶于她强大的心理素质，而她只是淡淡地说："当你认真地做好当下的每件小事，悲伤根本无缝植入。"

"顺其自然，该干吗干吗，把当下过好"确实是排解悲伤的最佳方式。她从来不把悲伤放大，更不会把倒霉看成悲剧。倒霉总有一天会过去，只要把未来分解成一个个可操作的事项，每完成一件事就会少一点悲伤，多一点安全感。

... 03

为什么有些人就是比我们更容易度过悲伤期？除了他们的心比我们大外，更重要的是他们懂得把精力放在具体的事物上。就像小孩子玩积木，全身心投入其中时，哪有时间哭哭啼啼？其实我们大人也一样。

去年我刚换了一份新工作，这时妈妈又生病住院了，真是屋漏偏逢连夜雨。工作上要适应领导的新作风，背负不易突破的KPI，下班后要奔赴医院送汤送饭，轮流守夜。

我回想了一下，是什么让我熬过了那段艰难期的呢？是阅读和写作。

阅读和写作是我寄托苦闷的地方，我在地铁上写，蹲在妈妈的病床前写，深夜回到家继续写，累得差点要打点滴。可是，我居然痛并快乐地熬过了那段日子。

原来一个人的兴趣爱好能成为他在黑夜里的止痛剂，难怪高晓松说，父母在他小时候就很在意培养他的各种兴趣，比如声乐、绘画等。这些兴趣无关功利，只是为了让他在世界上不止看到眼前的苟且，还有诗和远方。

有诗和远方就不会在当前的苦闷里打转，它会激发你脑内多巴胺的分泌，让生活多一点甜，少一点苦。

... 04

李银河在她的自传《人间采蜜记》里说，她跟王小波两人在美国留学时，一个月只有五百美元的生活费，十分拮据难熬。于是两人在餐馆打工挣补贴。李银河做服务员，英文不好的王小波在后台洗碗，日子穷得厉害。那段日子对他们而言是一段难熬的时光，可是他们自有排解的方式。

夫妻俩省吃俭用穷游美国、欧洲，虽然被某些留学生嘲讽太奢侈，可李银河一直觉得旅行是他们穷日子里的一束光，是黑暗里支撑他们走下去的秘密武器。

那些在一地鸡毛的生活中，还能常常保持乐观的人，他们总能在难熬的日子里，找到让自己分散痛苦的支点。爱情暂时退场了，就靠工作和友谊重振旗鼓；工作停滞不前，还有兴趣爱好让自己快乐；觉得自己时运不济，就去帮助比你更弱的人。

民国女神林徽因说：“温柔要有，但不是妥协，我们要在安静中，在难熬的日子里，不慌不忙地坚强。”她在乱世中依然尽心尽力经营好家庭，在艰苦的条件下到农村考察建筑遗迹，在物资匮乏的年代里依然坚持吟诗作画、焚香冥想，这种精神十分令人敬佩。

那么，如何才能不慌不忙地熬过黑夜呢？聪明的你，总有一套自己的方法。生活很难熬，但愿你能在里面笑着开出了花。

女生要提高心智，别让自己那么好骗

… 01

这几天翻开微博，被标题为《女子消失半年，家人报警后才知其被杀害成一具白骨》的新闻吓得不轻。

意外是这样发生的，某天女生跟男友吵架闹分手，情绪极低落，坐在出租车上一直哭，也说不清目的地。出租车司机见状就建议女主找个旅馆休息下，并用身份证帮她开了个房间。女生很感激，觉得出租车司机是好人，于是互相留下联系方式。经过平日的一些联络，两人开始熟悉，女生对出租车司机非常信任，委托对方处理自己的房子和车辆买卖。但其实那个出租车司机并没有女生认为的那么老实，他是个负债累累的骗子，就是在帮女生处理车辆买卖的过程中，因为一些矛盾，他把女生残忍杀害，并埋尸路边。女生平常跟父母住在一起，因为她是生意人所以要经常出差，消失了半年，父母以为女儿到外地出差而已，所以并没想到报警。

看了这条新闻，我很难过，她那么年轻，还有很多梦想和快乐等着她去实现和享受。我也很愤怒，内心无数次呼唤法律要保护我们女性安全、大力惩罚那些伤害女性的不法分子。但与此同时，我们自己也要检讨自己的安全意识是否过关。

比如上文的女生就因为没有安全防范意识，容易相信别人，加之平日喜欢独来独往，跟家人缺乏沟通，被骗子利用了也不自知，导致香消玉殒，多么令人惋惜和痛心。

作为女性，我们比男性更容易交出真心，更容易感情用事，所以更容易被利用和伤害。

... 02

在纷繁复杂的社会里，不谙世事的年轻姑娘更需要有自保意识，防人之心不可无。

朋友的表妹小君上一年在国外交了男朋友，才谈恋爱一个月，小君就对男友百分百信任，连父母给她的银行卡密码都告诉男友。有次开学不久，小君的父母给她汇了学费和生活费，但当小君去银行取钱时，发现存款不翼而飞，原来是男友偷了她卡里的钱。后来小君质问男友时，还被打了一巴掌。小君果断跟他分手，好在她只是破了财，身体上并没有受到很大伤害。

我看过很多新闻，有些女孩在国外生活，还没摸清男方的底细就开始谈恋爱，结果吃了大亏。

很多姑娘的心智还处于天真烂漫的稚嫩状态，当没有了父母的盔甲保护时，外面的豺狼就有机可乘，把血淋淋的爪牙伸向了她们。就像朋友的表妹，她是家里万千宠爱的掌上明珠，在她骨子里就认为外面的人也会同样呵护她，只要她对别人报之以歌，别人也一样。但有时你毫无防备的真心实意，却为危机埋下了伏笔。

出门在外的女孩，无论是交男朋友或者普通朋友，都要为自己多留心眼，多了解对方的家庭背景、他们身边的朋友、他们日常的喜好。知己知彼才能减少安全隐患。

... 03

我们出门在外，无论是在国外念书、出差还是旅行，都要跟家人和熟悉的朋友多沟通、多联系，分享你遇到的人和事，让家人多了解你的生活状态。上文女主，就因为跟家人缺乏沟通，失踪了半年，家人才惊觉要报警，这是置自己于危难中的黄色信号。但有安全意识的女孩，常常能在有可能出现危险的场景里保持警惕，她们保护自己的方法，就是尽量让家人和朋友知道自己所处的环境。

两年前，我跟一位女孩子加班到凌晨，那位女孩子虽刚大学毕业，但安全意识高度严谨。因为深夜，已经没地铁，于是我们准备打出租车回家。女孩一上车就记下了车牌号、出租车司机的姓名，把这些信息发给了父母和男朋友，然后在车上她还打了电话回家告诉父母她现在的位置、大概几点钟回到家等。

我为她的安全意识点赞，当时也立马检讨了自己往日的行为。我本人经常加班，但常以为自己很独立，很少会像这位女孩一样告诉家人回家的路线和细节。但往往是这些细节，能够像护身符一样保你平安。

我曾看过一个新闻，说一个出租车司机把一个女孩骗到荒山野岭，谋了财后还将其奸杀，这是骇人听闻的惨案。还是一些法律节目说得对，一个女孩单独坐出租车，上车后要故意打电话与他人保持联系，尽可能提及自己的位置，才能让有企图心的司机不敢动你一根毫发。

... 04

很多人说，多年没有联系你的朋友，突然联系你了，不是卖保险就是做安利了，是有一定道理的。我们有时遇见一些老同学旧朋友会开心到瞎了眼，这时最容易掉入熟人圈套。熟人作案是最容易的套路。

记得刚大学毕业的第一年，一位中学同学联系我，当时我已经跟这位同学差不多有七八年没联系了，她跟我汇报了工作状况，简直可以用飞黄腾达来形容。她说自己做红酒和化妆品生意赚了好多钱，问我有没有兴趣跟她一起混，如果有兴趣就跟她去面试和洽谈。当时我事业运低迷，想都没想就跟她去了，之后才发现那是一个传销组织。那个传销组织看上去很高大上，里面点着高级香薰，还有所谓精英讲师给你洗脑，他讲授的主题就是如何骗取我们家人的钱，拿进公司投资“赚钱”。

我进去不到一个小时就知道是骗局，好在后来要了点小聪明逃了出来，一大早搭港铁逃回了深圳，才没有误入传销组织。但我万万没想到，这个局是我曾经的好同学布的，真是痛心疾首。从那时开始，我对于很久没联系的朋友突然联系自己这件事，带了个心眼。

有时曾经的朋友可能只是最熟悉的陌生人而已，经过社会的历练，也许当初纯真的心已经起了化学变化，我们不能对之百分百信任，要有起码的怀疑和考察。所以，怀疑精神有时不仅要用在学问上，还要用在人身上，有的放矢的怀疑，也许会成为你的安全屏障。

... 05

作家刘墉给女儿的十五个叮咛里，有两点保护指南，我抄在了笔记本上，时时会拿出来警醒一下自己：跟不熟的人，或者去陌生的场合，最好不要饮酒，而且别让饮料离开你的视线，你可以渴死，也不要乱喝一口；宁可因为拒绝而显得不够亲切，也绝不碰任何毒品。

我曾经看过一些女明星被迷奸的新闻，就是在饭局里被别有用心的人放了迷药在酒杯里，在外面喝酒应酬是很有风险的事，我们要步步留心方保平安。

无论多么激情，都要自我保护；无论情感多么稳定，也拒绝拍私密照。绝不用身体换取不确定的爱情，只能为确定的爱情解放身体。

我们都很年轻，正处于不谙世故的年纪，我们常常会低估外面世界的恶意。我们在家里被爹妈疼着，就以为外面的人也一样对我们，但其实外面危机四伏、骗子横生。我们少长点心，少点智慧和没有防人之心，都会很容易成为坏人的猎物。所以我们出来混，不妨有点林黛玉进贾府的小心思："步步留心，时时在意。"这才是最有用的平安符。

千万别小看一个面相好的女人

… 01

一个人的面相一部分是爹妈给的，另一部分是自个成全的。

上周我到医院做检查，在挂号处有两位护士值班，她们都手脚麻利，办事效率很高。唯一不同的是，她们给我的体验感天差地别，我排的那个队值班的护士看起来凶神恶煞，让我心有戚戚。

其实她长得并不差，皮肤白皙，涂着淡淡的口红，眉毛整齐清淡，五官端正。只是在我排队的半个小时里，她美丽的嘴唇基本呈下垂状态，面部松弛呆滞，无精打采，一有病人问她问题，她的眼睛就半翻白，眉毛上扬，眉头紧缩，额头皱纹被挤成纵横分布。有个老奶奶问她怎么去找她挂号的主诊医生时，被她不耐烦地怼了回去：“你去别的地方问问！”可能在工作中，保持长期不耐烦和愤怒的表情，她两眉间的印堂过早地出现了川字纹。因为嘴巴经常下拉，可爱的樱桃嘴成了覆舟嘴，天生好看的皮囊却成了一副可怜相。

坐在这位护士旁边的另外一位护士的态度和面相看起来就如沐春风多了，她的嘴角上扬，微笑甜美，额头舒展，看不出有一条细纹。五官虽不算精致，但在她长期温暖的表情里，整个脸部看起来特别和谐温婉，让人心情舒畅。

或者这就是中国人所说的相由心生。你内心怎么想，你的表情就怎么表达，而长期表情的塑造，就固化了你后期的面相，这是靠整容也无法改变的气质。

... 02

苏格拉底说："高贵和尊严、自卑和好强、精明和机敏、傲慢和粗俗，都能从静止或者运动的面部表情和身体姿势中反映出来。"

我深深认同，面部表情最能看穿一个人的气质。

我以前有位女同事挺漂亮的，一开始你会挺喜欢跟她说话的，但长期下来你会发现她身上有种挺讨人厌的气质。她这种讨人厌的气质是通过她的表情传达的。比如，部门开会议时，无论是领导还是同事发表意见，她都会不自觉地把头扭到一边，小嘴向下撇，当演讲的同事讲到如火如荼时，她还会情不自禁地皱眉头和摇头。这些小动作和小表情，她可能是无意识的，但因为早已成为习惯，成了她个人风格，所以在一些交流的场合，她总是露出这些不尊重人的表情。

她的这些表情已经成了她个人的商标，成了她面相和气质的一部分。每次只要想起她，我就会脑补出好几个她摇头撇嘴的画面，这些画面都充满负能量，如果跟她交谈过多，对你本人的情绪也会造成不良伤害。

一个人的长期表情充满负能量，他的皮囊也是下垂的，他的嘴下垂、他的眼角下垂，连带他的眉毛也是八字的。这种下垂气质，很容易让别人觉得你不容易相处，是个郁郁寡欢的人，人缘自然也比那些上扬气息的人差。

... 03

难道我们就不能悲伤或者愤怒吗？我觉得短暂表达情绪化的表情是合理的，但不要长期让自己陷入消极的表情里。这种负面的长期表情经过长年累月的洗礼会植入到你的面相里，这辈子都逃脱不了它的烙印。

我以前有位邻居阿姨，她嫁的老公没什么本事，也许是贫贱夫妻百事哀，他们家经常吵架，鸡犬不宁。有时因为小孩的学费，有时因为家庭伙食开支，反正一周一小闹、一月一大闹。阿姨常常愁眉苦脸，觉得什么都不顺，无论逮住哪个熟人，都会滔滔不绝地抱怨。

日积月累，她的面相越来越祥林嫂，两眼无神，两颧发灰，印堂紧缩，比她同龄的那些乐呵呵的大妈老气了许多。关键是她整个面相衬托她那絮絮叨叨的性格，一点福相都没有，气质还增添了几分凄楚。

后来这位阿姨的几个子女长大而且发展不错，她的衣食住行都升级了，但还是改变不了那愁苦的面相。有次她儿子结婚，大摆宴席，她内心是欢喜的，但穿着旗袍的她，给人的感觉却没什么欢乐气氛，因为她常年抱怨的表情，让她的眉头早已成了螺旋状，被固定下来了，泪沟和法令纹也比别人深，有一股苦大仇深的气场。

阿姨的事迹让我想起了上海最后的贵族，永安百货的四小姐郭婉莹。她丈夫冤死在监狱里，后来她被发配到远郊养猪、洗马桶，六十岁还要爬到高高的架子上从事繁重的体力劳动。可是经过多年的折磨，她没有成为一个恶毒、充满怨恨的老人，相反她的眼神依然优雅、高贵。她的这种高贵的面相是她长期的表情所积累的，就算在最难的岁月里，她也能保持风度，不愁眉苦脸，尽最大的能力笑对生活。

我曾经看过一本育儿书说，如果一个母亲对着婴儿的长期表情是愉快而松弛的，婴儿也会是个安全感十足的快乐宝宝。相反，若妈妈常在小孩面前维持一张丧脸，婴儿也容易变得焦虑和不安。连涉世未深的婴儿也能通过妈妈的长期表情判定她快不快乐，喜不喜欢自己。母亲长期的表情就是母亲在婴儿心目中的整体气质，有快乐气质的母亲才能生出快乐气质的宝宝。

... 04

我欣赏那些吃过苦、受过伤、经历过无数挫折，依然能让岁月不在他们脸上留下摧残痕迹的人。虽然他们被生活痛击过，但是他们的面相还留着小孩一般的无邪和开朗。

很多人说不喜欢伊能静，但我挺喜欢她的，原因之一就是，我欣赏她那种打不死的精神。即使拥有不愉快的童年、历经事业低潮、婚变风波，但你在她脸上看不到这些惨状，她面对生活的长期表情是舒展的。也许她也曾在人后落泪无数次，但你看到她的大多时候眉宇间是乐观向上的，让你很难想到她也曾惨过。她拥有不老的面相，并非因为生活太宠幸她，而是她懂得宠幸自己：如果能笑，就不会让自己哭。

在现实生活里，无论遇到多大的委屈和不如意，与其愁眉苦脸地吞下去，倒不如泪中带笑地承受和忍耐。你笑着笑着，就会弄假成真，心情真的好起来，人也好看起来。

在《我的情绪为何总被他人左右》一书里，心理学大师埃利斯说，人其实是可以理性地控制自己对外界的反应的。

只要你活着，你就要承认这个世界一直都有痛苦存在，你可以不喜欢这些痛苦，但是要建设性地接受和处理。当你学会接纳，你内心就会变得宽容，展现在你脸上的表情就会变得更豁达和舒展。你的表情就是你的内心，你的内心呈现出的面相就是你的气质。

即使我们曾被生活暴打千千万万遍，但愿我们都不要因此长成一张被生活欺负过的脸。我们要自带傲娇的表情，美美地，理直气壮地活下去。

恭喜你，终于嫁给了他爸妈

后台有时会有姑娘留言说:“我有婚前恐惧症，怎么办？”“我婚后要不要跟公婆住？”“我恋爱五年了，要不要结婚？”“如果买不起房，要不要裸婚？”

……

看着这些问题，隔着屏幕也能感觉到她们对于婚姻的焦虑。毕竟那个跟你“无论贫穷还是富有，无论健康还是疾病”都要捆绑在一起的人真的很重要。可是随着我身边的人越来越多地走进了婚姻殿堂，突然惊觉有些朋友嫁的原来不仅仅是这个男人，还嫁给了他的父母，日子过得步步惊心。

… 01

我的同事花花经常眉头紧锁、眼眶深凹，就知道她最近的日子怎一个“愁”字了得。原来，花花婆家一直想多买几套房，但因指标问题一直定不下来，如果夫妻离婚就有指标了。可花花不太愿意，但也不得不听公婆的，我问：“那你先生怎么想？”她面露难色地说：“他在家里没有发言权，只能听父母的。”再听同事往下说，原来他们家的房子、车子、买菜钱、儿子的奶粉钱都是公婆资助的。公婆对他们的体贴简直植入到生活的细枝末节里，比如夫妻前脚踏入家门，公婆早就把饭做好并端到桌上了，他们只需要动动嘴巴。

如此“三好公婆”在众人眼里真是天下无双，可是她有苦自知：丈夫在父母的霸权主义下越发像个婴儿，而她的心情总是乌云密布，在家也感受不到丈夫的底气，有时她被公婆无理指责，也得不到先生的有力支持，她的不易和委屈可想而知。

虽然我对她的遭遇有点儿心疼，但并不同情。当别的夫妻用自己工资养家糊口时，他们却心安理得地享受公婆的优厚待遇，现在却嫌公婆管得太严，没自由。他们夫妇平常赚的钱只用在吃喝玩乐上，两个人像被养在精致金鱼缸里的鱼，饿了有人喂，饱了就歇着。长此以往，还有什么资格反抗家长的命令呢？

如果你只想享受家长构建的温柔乡，就请不要奢望你的丈夫能成为一棵大树为你遮风挡雨。

… 02

前不久，邻居张姐跟我分享了她对即将结婚的儿子的未来生活的构想：“我已经帮他们买好了婚房，将来我是要跟他们一起住的，要我承包全家的生活费也没问题，但一屋不能有两个女主人，儿媳妇必须听我的。”

不知道张姐的儿媳妇会怎么想，但我见过不少年轻夫妻因为经济不够独立，生活不能自理而成为父母的傀儡。

我曾在新闻里看到一对荒唐夫妻：双方不会做家务，每个星期家里的垃圾都堆积如山，可是又请不起钟点工，父母看不过眼只好每周定时过去当清洁工。两人想不受控制却又没法自立，更握不住经济的大权，一连串身不由己的事情就会陆续发生：公婆叫你去东，你不能往西，拒绝就会像违背太后的旨意一样。

有些女孩儿问结婚前要考虑什么因素？我觉得除了三观一致外，很重要的一点是看对方能否有组建家庭的自立能力和话语权。

我有位女朋友曾跟我吐槽她婚姻的不愉快。她嫁的对象家境很殷实，婆家是某城市的土著，因为城中村迁拆政府补了五套房。可她说，老公仗着自己是土著，经常在家坐吃等死，就算工作也是三天打鱼两天晒网，夜夜打麻将，她本人也早早过上了全职太太的富贵生活。只可惜她和丈夫在家里地位卑微，财政大权都掌握在公公手里，她在家里也只能低眉顺眼，连家里的装修风格也没资格自己决定。

相比于那些嫁入富贵门或者被公婆打理好生活中的一切的夫妻，我更欣赏那些靠自己的能力经营自己生活的小夫妻。他们的经济基础一开始可能有点薄弱，但丈夫和妻子各自承担自己的责任和义务，虽然累但很快乐。

… 03

据我观察，那些能把日子过得红红火火、幸福感饱满的夫妻，基本是各自都有一套求生本领，家庭的重要决定很少让父母插手，对未来生活方式自有主张，就算父母想插手也找不到机会。

那种我在厨房炖汤，你在砧板上切土豆丝，我把菜煮好，饭后你负责洗碗的甜蜜时光，胜过父母对你无微不至的伺候。所谓举案齐眉的甜蜜，不过就是在日常生活中能够互相扶持和体谅。

同样是嫁入豪门，郭晶晶算是最接地气的豪门太太了，其实几年前就有记者拍到霍公子和晶晶带着菲佣离开了霍家大宅独自过日子的新闻。前不久又有八卦杂志拍到这位“地主家的儿子”拿着红白蓝胶袋装了五公斤大米，还亲自到超市买菜。还有一次，记者捕捉到晶晶一手抱着儿子，霍启刚和司机搬东西的生活细节。他们本可以过着养尊处优的日子，但偏偏选择自力更生。

为什么我们无论是在报纸，还是综艺节目上看到郭晶晶，她完全没有身处豪门的幽怨感？大概一方面归功于郭晶晶的持家理念：只想过普通人的日子，并且有勇气独立过日子；另一方面是霍启刚作为丈夫，虽然出身于大家族，但不是毫无主见的富家子弟，在他们的小家庭里，他努力工作，正能量满满地发散作为先生和父亲的光和热。郭晶晶拥有的是独立人格的丈夫，他们的婚姻是幸福和快乐的。

尼采说：令婚姻不幸福的不是缺少爱情，而是缺少友谊。这当然很有道理，但我想说一下自己的体会：令婚姻不幸福的还有双方缺乏独立经营家庭的能力以及分不清两代家庭的界限。

有时并非父母想入侵你的家庭，他们只是为你一地鸡毛的生活放不下心。有时父母并非想三百六十度无死角地监控你的生活，而是你实在没有证据证明自己可以独立。养儿一百岁长忧九十九，请问你有给他们不忧的理由吗？你不想让婚姻压在父母的五指山下，可是你能独立到不用父母的一针一线也能丰衣足食吗？最怕你一边想要自由，一边为占父母的便宜而沾沾自喜。

每一对懂得经营生活的小夫妻都是从做到不让父母操心、不需要父母为你的衣食住行买单开始的。每一个努力又有主见的女孩儿和每一个优秀又负责的丈夫都配得上幸福美满的婚姻。

而你，离幸福还有多远？

愿你坚强独立，也有人疼爱

… 01

最近"'95'后的婚姻观"在微博上展开了热闹的讨论，围观底下评论，更加精彩。

有人说，结婚一定要有经济基础；也有人说，三观才重要，其他都是浮云。

而最令我觉得心有戚戚的是，有为数不少的一拨人在下面说："我要自己赚钱买房买车，只要我独立自强，根本不需要男人。"

还有更壮烈的人说："我独立就够，男人有屁用，我决定孤独终老。"而这条评论有两百多人点赞。

连恋爱都没谈过几次的小姑娘，说出如此豪言壮语，不知道是受哪位大师指点迷津的。

这是一个很奇怪的逻辑，你是否独立自强跟你是否接受男人的照顾不矛盾啊。我们为什么不能一边自强不息地赚钱，一边得到男人的呵护呢？为何独立的女性就要站在男人的对立面，就算是铁骨铮铮的女权主义者也不会如此大言不惭。

... 02

李敖大师说：女性就是要打扮得漂漂亮亮的，欺负男人、占男人便宜才是最高境界。

虽然我们不必迎合男人，但如果能发挥女性的天生优势来驰骋职场，调动男人为我们效力，何乐而不为？

台湾名嘴兼作家陈文茜一向给人以大女人的感觉，但她却是台湾第一个敢穿得性感的女性政治人物。很多人问她：“你为什么不穿得专业点呢？”她说：“很多女性穿中性服装就像是在不停地强调自己不是女性，不断地否定自己，但其实没这个必要。我就是喜欢穿波西米亚风的裙子，就是喜欢穿女性感觉的衣服。”

在与男人斗智斗勇时，当你显示出你是一个女人时，你欺负他们时，他们会不好意思欺负你。她不愧是台湾最聪明的女人，懂得调动自身的优势来驾驭男性，不必与他们死磕，而是懂得如何巧妙地与他们合作。

就像我曾在展览公司遇到过的一个妹子，她平日工作专业麻利，却很懂得“男女搭配，工作不累”的道理。她是个很细心的女生，男同事写的活动方案，她总是力所能及地帮忙找资料、校对错别字，在自己擅长的领域发挥自己的作用。

作为展览某项目的负责人，每次活动前她都要到仓库准备物料。这是很苦的工作，经常需要搬物料，但她却做得很轻松，因为她懂得合理地向男同事请求帮助并安排任务。比如有一次我看见她在仓库有条不紊地指挥一组男生搬一个超重的铁架子，还有一个男生帮她用手推车搬运陶瓷，然后她站在一旁认认真真地清点物料。可能有些人会说，这女孩儿太有心机了，靠男人算什么本事。可是我想说，有本事推动男人为你做事，本身就是一种能力，更何况她只是合理使用劳动力而已，她自己也有独立办事的能力。

男女生理结构本来就不一样，为何一定要让自己女当男用？独立的女人并非是与男人划清界限，而是懂得巧妙地“欺负”他们，获得他们的支持，这不影响我们的独立。

... 03

经济独立，不代表可以没有情感抚慰。

前上司孙姐在公司里雷厉风行，处理事务爽快精明，她在三十岁前就买房买车了。像她这样独立自主的女性，很多人觉得她大概是不需要男人的吧，但她恰恰觉得在精神上得到丈夫的支持，是职场外的另一种活力补充。她在工作上遇到困难会与丈夫探讨，他的理性思维能弥补她的感性思维，很多棘手问题，在夫妻有商有量后不知不觉就迎刃而解了。

有一年孙姐患了中度焦虑症，凡是到人多密集的地方就会恐慌不已，见到陌生人会手心出汗，还曾因为心慌意乱，一个人开车时与前方车辆发生了碰撞。于是他天天做她的司机，接送她上下班，他们一起去旅行、一起去感受诗和远方。在老公的照料下，她的焦虑症好了很多，可以满血复活回归职场了。

女人的独立跟享受男人的疼爱并不矛盾，他的关怀也许是你继续奋斗的加油站。

伊丽莎白二世在位将近六十四年，可她身边风雨不改地站着菲利普亲王，强势的女皇都不能否认菲利普亲王对她的重要性。凡是女王出席的场合，除非他生病，否则肯定会在场。她度过的每一段难熬的时光，都有菲利普亲王的陪伴。正如她在他们的金婚典礼上说："他这些年一直是我的动力和陪伴。"而菲利普亲王的回答是："我工作的第一点、第二点和最后一点都是永远不要让女王失落。"

独立的女王，因为有了菲利普亲王的陪伴和支持，让她在并不容易的政治生涯里多了一点甜。

真正强大的女人不会刻意地去说明自己不需要男人，也不会刻意奉承男人，她们可以独立生活，但也乐意享受被男人照顾。

所有的独立都并非要走极端主义，而是在智慧和能力的支撑下，既能过好自己的日子，也能和另一半风雨同舟、互相扶持。

别让玩手机害了你

… 01

在最近的一次家庭聚会里，舅舅发火了。因为他拼了老命做出来的美味佳肴，大家居然没有表现出特别的喜欢，而是一个个低头玩手机，一副食欲不振的模样，你说气人不？食客对厨师最大的侮辱莫过于对食物冷淡了。

环顾一下饭桌前我们的各种状态：舅妈从吃饭前到吃饭中都在跟同学微信语音，因为她在同学群里听说同学们要去英国玩，曾到过英国的她热情地在群里为大家指点迷津，连饭都顾不上吃了；表妹忙着和男朋友微信视频，他爸强忍着愤怒的心情叮嘱她先喝汤，可是她好像没听见；而其余的人呢，不是在忙着回复微信，就是盯着手机里某个APP的滚动新闻，像国家领导人一样，紧密关注世界哪个角落又发生了什么惊天地泣鬼神的大事。唯独忘了关心舅舅花了大半天为我们准备的饭菜好不好吃，也忘了感恩他为我们而付出的辛劳。

互联网的便利，社交软件的普及是好事，但如果过于沉迷也会物极必反。它的好处是让我们跟远方的人有了“天涯若比邻”的亲切感，但如果过于沉迷，也会让我们与亲近的人有了“比邻若天涯”的疏离感。

... 02

有段时间，我跟先生在家好像哑巴似的，他玩他的手机，我玩我的。有什么要说的就在微信上聊，真的省了不少口水。

这种关系真的很奇葩，感觉我们像网友，而不像夫妻。但我们这种被微信绑架的生活很快被一场车祸改变了。有一天下班，先生开车来接我，我照例一跳上车就开始玩微信，回复一些人给我的留言，比上班还要繁忙，根本没空跟他闲话家常。他开车也开得很无聊，突然间他手机“叮咚”响了一声，传来一条微信，他瞥了一眼好像是领导发的紧急通知，本来他想让坐在副驾驶上的我念给他听，可是他发现我完全没空理他，于是他就亲自动手点开看了。就在点开信息的一瞬间，我们的车碰到了前面的车，把人家的车尾灯撞了，责任全在于我们。对方气冲冲地下车，感觉要把我们痛揍一顿似的，看我们认错态度良好才息事宁人。

不过对方也确实无辜，刚从马来西亚携妻儿到中国自驾游，还没怎么开始玩就遭到飞来横祸，旅游的心情毁于一旦。

根据2016年上海市公安局交警总队公布的交通死亡事故数据，在所有的交通事故里，因为开车接听电话、玩微信等引发的死亡事故占29.6%，而一直为市民所诟病的“酒后驾车”导致的死亡交通事故占2.8%。由此可知，因为玩手机和沉迷社交软件而发生的事故，才是最严重的马路杀手。

对于那次驾驶事故，我们也很内疚，反思了很多，虽然破财挡了灾，但是因为控制不住看手机差点危及生命安全，真是害人害己。所以我们决定吸取教训，痛改前非，不让手机成为我们的鸦片。分享几点我们的改正小措施。

1. 定时关闭微信朋友圈，三天打开一次，统一“批阅奏折”，该点赞点赞、该评论评论。如此实施一个月后，效果奇佳，我在朋友圈上花费的时间越来越少，可支配的时间越来越多了。

2. 绝不把手机带进睡房。现在我们睡觉前都不看手机，睡觉前的时光用来交流和看书，实行了几天之后，我发现我们的感情更好了，生活也更加踏实。

3. 把玩手机替代成听音频节目。我以前喜欢一大早坐在马桶上没完没了地刷朋友圈，现在我喜欢在洗漱、上厕所等碎片时间，听订阅的大咖音频节目，学到的知识比翻朋友圈多得多。

4. 用固定时间回复微信。有时我们花在回复各种微信消息上的时间很多，像看股票一样时刻盯着手机，实在让我们身心疲惫。经过这样的实践后，生活确实起了微妙的变化，我跟丈夫日常交流的时间更多了，深度阅读的时间更长了，关键是我的大脑腾出了不少空间来做更有意思的事情，生活里的各项指标都在稳步上升。

… 03

我曾经在一个学习沙龙里认识了一个教授，教授的生活方式很不潮流。

她在课堂上说，目前还是用老款式手机，只有打电话和发短信的功能。当台下的我们遗憾于她不能第一时间通过各种软件知道世界各地的消息时，教授却说，她这样的生活方式实在太爽了。她说，她之前也用过微信，很多人把她拉进各种各样的群里，每天回复留言也花费大量时间，这让她十分焦虑。后来她干脆就不用微信了，如果有工作方面的事情，就要求对方统一发邮件给她。她说虽然不能第一时间知道爆炸性的新闻，不能第一时间接收到别人的信息，但生活变得更加平和了，有了很多私人的时间。

原来清静的生活、简约的生活方式，要从清减社交软件、降低对手机的依赖开始。

当然知易行难，我们大多数人很难做到跟社交软件一刀两断，更难不通过手机接触外面的世界。但我们可以尽量科学地使用手机，适当地转移自己的关注点。

... 04

我的前上司是个大忙人，可她却能把工作和家庭平衡得很不错。她的秘诀是，陪着孩子时绝不玩手机，专心陪他玩游戏或辅导学习。跟老公聊天时也绝不会盯着社交软件看，全心全意地聆听他的喜怒哀乐。因为不被手机绑架，她更能给予孩子、丈夫高质量的陪伴，家庭变得和美，工作起来也更加高效。

之前看新闻说，对诗词信手拈来、文艺气质爆棚的董卿多年来依然保持一个习惯，就是睡前要阅读一小时书，诸如手机这样的电子设备，也从来不会拿进卧室。可是现在手机不离手的我们，好像已经丧失了深度阅读的能力，我们好像都习惯了碎片化阅读。轻阅读确实便捷，而且可以随时随地地看，但是却缺乏深度的养分。

在我看来，想要在思维上更有深度，非花大量时间进行深度阅读不可。

陈文茜说，她每天晚上都会花两三个小时读大部头的书，期间不会看手机，不接触互联网，静静地在灯光下做笔记，随着作者的思路苦思冥想。那些比我们厉害的人，总是能比我们更自律地使用手机，更理性地驾驭电子产品。任何硬币都有两面，随着电子科技的发展，让我们享用其便利的同时，也别忘了它的荼毒。在一天之中，适当放下手机，让自己陶醉于书本、放眼于世界，让眼睛不只有手机里的苟且，而是有更大、更阔的远方。

持之以恒，或许你的人生、你的视野都会焕然一新。

为何明知他很渣，却爱了那么多年

… 01

曾有位读者私信我说，最近她老公出轨了，出轨的对象她也认识。她说她目前很痛苦，每天都处于煎熬中。

我宽慰了她几句，然后问她打算怎么处理这件事。她说，她已经跟丈夫谈过这件事，希望丈夫离开那个小三儿。但是她丈夫说，他目前没法离开那个女孩儿，因为那个女孩儿说如果他离开她，就会跳楼自杀。但是为了声誉，他也不想跟妻子离婚，毕竟他们还有女儿，而且彼此的感情还挺深。

“你要一直忍下去？你不生气？”我问。

“其实那个小三儿也挺可怜的，她也是受害者，我老公也不容易。”她说。

我还真是第一次看见如此“深明大义”的原配，居然能对丈夫和小三儿表示深切的理解和同情。

“那个小三儿是我老公的下属，我已经叫我老公把她调离本市区了。”她说。

“你有独立的工作和经济基础吗？”我问。“我的工作非常好，工资不比我老公低。”她说。

“其实你完全有能力离开丈夫，为何还继续容忍？”我问。她叹一口气说：“其实我老公也不容易，从小没自信，估计他需要用出轨来证明自己，其实他还是很爱我的，我觉得他总有一天会离开那个女孩儿。”

我继续问她：“那你今天找我倾诉是要找解决办法吗？”她说：“没有啦，我只是想找你吐槽一下，其实我也没想过离开他，跟你聊聊天，我心情好多了。”

原来她只是找我抱怨一下而已，回去依然心甘情愿当贤妻良母。这种圣母心不知道祸害过多少好姑娘，她们一厢情愿地同情男人，找借口原谅男人，简直是贴心的小棉袄。她们有独立的经济，却没有独立的心，她们最擅长的把戏就是自我欺骗，以为自己退一步就能海阔天空，以为自己足够忍耐就能换来浪子回头。

我尊重任何人的选择，但她明知道对方不配得到她的爱，却依然爱了那么多年，然后越陷越深，最后只能有苦自食，怪不得任何人。

... 02

有些女孩儿，明明知道对方很渣，但依然不计成本地投入。她们自我安慰说，爱情里享受的是过程而不是时间的成本。但令人伤感的是，爱了那么久，换来的却是一次次的绝望。

朋友小南和男友恋爱了七年，可问题是她男友没什么责任心，一回到家就玩游戏，家务都是小南一个人扛下来的。凭什么两个人都在外面做事，但躺在沙发上的却是他呢？有次我去小南家看到这一幕，为她感到不值。我们劝小南要合理分配任务，不能宠着他，这样她会累死的。但小南却回答说："他从小在家就被母亲宠坏了，不擅长做家务，那我就多做点吧。"

最可恨的还有一次，小南因为急性盲肠炎住院，很多朋友都去看她，可是连续两天都没见她男友的身影，小南怕父母担心没告诉他们，她床前连个倒水的亲人都没有。如果此刻男友都不细心照顾，要他还有何用？我们都批评了一番小南的男友，想不到她居然处处维护他，称他工作繁忙，应酬特别累，没必要天天往医院跑。我们对她的"深明大义"瞠目结舌。

其实很多女人都会以拯救的心态与男人谈恋爱，以为自己很勇敢，很有担当，只要我死心塌地地爱下去，冰山也能劈开。

后来，小南跟男友终于结婚了，只不过结婚不到半年小南就感觉日子越过越难。她太累了，他们家的家务全部都是她在做，小孩也是她在带，这真是赤裸裸的"寡母式育儿"。

... 03

如果你的内心强大到像女权主义者波伏娃那样，根本不需要承诺，不需要契约，例如她与萨特相恋，在乎的是“曾经拥有”，而不是“契约式的天长地久”，那你可以有底气地说：“我不需要承诺，我享受的是过程。”

可是，我们大多数人毕竟不是波伏娃，我们希望的是有承诺的爱情，渴望得到对方的关爱。如果将这种希望寄托在错的人身上而不自知，在这段关系中你将永远是痛苦的。

有些人既然不是对的，放手是最好的选择；如果对方的心早已出轨，拖下去只会彼此伤害。

《飘》里面的男主角瑞特决定离开斯嘉丽时说：“破碎的总是破碎的——我宁愿记住它破碎以前的样子，也不愿意补好它后一辈子看那些补丁。”瑞特对斯嘉丽付出了那么多，战火中冒死帮助她，满足她对物质的一切欲望，给她富足的生活。可是当他最终觉察斯嘉丽的心不是属于他时，他果断地离开了。

现实中，当你在爱里不断投入成本时，恍然间发现自己的爱是错的。如熊黛林，明知道关于他的那些绯闻不是空穴来风，可是她还是将就下去，不想感情半途而废，然后感情危机的雪球越滚越大，大到一定程度只能坠入悬崖。

… 04

我更欣赏那种知道真相后放开彼此，各自去寻找幸福的人。

如果发现对方给你的心是破碎的，不如早点看开，早点寻找幸福。苦苦纠缠，做情感上的乞丐一点儿都不好受。在现实里，有些人知道对方出轨也会忍耐，因为没有他，你感觉自己什么都不是，你就像一株青藤，要依靠大树才能成长。可是健康的感情，从来都是要各自成长，成为彼此的大树才能恒久永远。

曾经被人笑“老土”的刘嘉玲，经过多少年的奋斗努力，才成为霸气的女王。霸气的她根本不需要梁朝伟的名气，他向她求婚的次数让很多人羡慕嫉妒恨，怎么用得着逼婚呢，只是她想不想结而已。

如果你只是一株脆弱的青藤，没有了大树就会倒下，那你就算知道对方是渣男也没有勇气离开吧。

世界大了，什么男人都有，但是如果你的格局变大了，你还能容忍渣男吗？

富养自己，从吃好每顿饭开始

... 01

前天看《锵锵三人行》窦文涛很感慨地说："前任做菜真的好吃到没朋友，如果说当初不忍分手，还不如说舍不得那几道家常菜。"当年骨瘦如柴的他被养成了一百六十斤的大胖子，隔着电视屏幕也能脑补出他前任的厨艺有多好，以至于分手多年后他仍然念念不忘，厚着脸皮找各种理由上前任家蹭饭吃。

看来"留住男人的心，就要锁住他的胃"这句至理名言很有道理。但其实，亲手做一顿美食的意义，仅仅是为了锁住男人的胃吗？

我看远远不止，像窦文涛说的，他前任不仅做菜厉害，文笔也不俗，还出了不少书。所以做饭是自我讨好的方式，无关他人。当我心情不爽时，下厨是我半颗止痛药。当我穷到掉渣时，煲汤是讨好自己的最低成本，也是独立自强的开始。无论在公司遭遇多少挫折和尔虞我诈，当我踏入家门，包包一扔，撩起衣袖走进厨房，用美味的食物慰劳自己那颗疲惫的心，瞬间就会满血复活，感受到生活的意义。

有位朋友说她一入厨房深似海。怕进厨房的她，甚至还立下豪言壮语，下次要把厨房改成衣帽间，眼不见心不烦。只是成天在外觅食，她的体重早已爆表，一米六的妹子体重高达一百二十斤，苗条的身材早就一去不复返了。近年，连她身在异地的亲妈也放心不下她，叮嘱她要学会自己做饭。她妈有时夸张到要把家里的大锅小锅带过来伺候她，不知道操了多少心。

我一个闺蜜，我认识她的时候，别说进厨房，她是个连吃饭都要男朋友哄着的骄傲小公主，想不到在她出国前，居然偷偷报了新东方的烹饪班，还考了中级厨师证，现在她会四个国家的菜式。因为学会了烹饪，她在澳洲生活得有滋有味，每次看她在朋友圈发自己做的各种美食照片，都让我羡慕得不得了。她说当初学厨艺，是为了能在国外不求人，不让父母担心，甚至在思念家乡的时候，还能一吃解千愁，多好！

… 02

我表妹在韩国念书，连煮个面都不会，只懂吃韩国炸鸡，每次回国都胖一圈，脸蛋儿成了花面猫，震惊了整个亲戚圈，还让父母十分担忧。真的，这种状态还谈什么独立。舅舅更是发话说，表妹在韩国念完书一定要回到他们身边，在外面实在不放心，一直高呼要自由的表妹，想逃出父母的五指山看来是难上加难了。

独立真的不仅仅体现在能不能解决温饱问题，更重要的是你能不能由温饱升级为懂得照顾自己。

说实话，我喜欢煲汤，因为我喜欢用心煲汤，一年到头儿都不知省去了多少面膜钱；身体素质也越来越好，以前偶尔便秘，现在完全不用担心；以前满脸痘痘，现在白白嫩嫩，皮肤简直好了太多。

离开家，在外面打拼，以前我常常会以“没时间做饭”为借口，一周五天都到街边随便解决，在大排档前流连忘返，有时甚至直接到超市买个熟食就草草了事，不够的话继续光顾牛杂档，狂吞十颗鱼蛋才心满意足。可是这样不断地作践自己的舌头和肠胃后，不仅皮肤变得越来越差，吃进去的地沟油也常常让我萎靡不振，整天都感觉身心疲惫。

好在后来，我开始每天自己煲汤做饭，学会了用不同类型的汤来调理身体，一碗苹果雪梨鲜淮山汤不知拯救了多少次我因加班熬夜而造成的暗黄脸色；一碗乌鸡当归红枣汤让我对痛经不再胆战心惊，原来爱自己的正确打开方式就是用最健康的饮食方式喂饱自己。

松浦弥太郎说：“将忙碌作为借口，总是以机器做的食物果腹，不管是大人还是小孩都让人觉得很可怜。”吃好饭是人生大事，就算早餐做一个鸡蛋卷也能吃出幸福感，而且吃得好未必一定要去高级的餐厅，也不必花大钱，在家用心烹调也能滋味无穷。

... 03

我有一个亲戚，他们家的厨房是从来不用的，因为这位太太有超级洁癖症，自己从来不下厨，也不让丈夫下厨，一来担心把厨房弄脏，二来极度讨厌油烟味。他们家新屋入住以来，厨房就一直是个摆设。一家三口经常组团到婆家和娘家轮流蹭饭吃，过着游击队般的生活，住着最豪华的房子也感受不到一点家的味道。

我朋友的妈妈连方便面都不会煮，真不是开玩笑，她说从小就不知道有个厨艺好的妈妈是什么体验，爸爸会做饭，但经常出差，然后妈妈就会带着她到外面吃，有时候吃腻了外面的重口味，就一块儿到奶奶家蹭饭吃，真有种寄人篱下的感觉。

钱锺书和杨绛先生刚到英国时，两个书呆子和生活白痴，连搞定一餐一饭都成了冒险。夫妇二人寄人篱下，但因为受不了法国房东的吃饭方式，就搬进了有厨房的房子，过起了自给自足的生活。他们第一次做虾，简直就是一场厨房里的战争；做红烧肉，也好不到哪里去。多次试验后，才恍然大悟，原来做红烧肉要用文火炖，后来果真做出了妈妈味道的红烧肉，钱先生吃得不亦乐乎。难怪她后来回忆说，能吃上红烧肉就是冒险的成功。在异国他乡里，两个人互相取暖，把做饭也做得妙趣横生，把只有两个人的家经营得有声有色，更重要的是，学会做饭的杨绛先生再也不用看房东的脸色了，再也不用啃那难吃的法国面包了。

之前有个观点说：千万别让子女进厨房，学会了煲汤煮饭，将来还是要伺候男人的，不会下厨的女人过得更舒坦。可是我想说，女孩儿学做饭并不是为了讨好男人，而是在自己孤独无助、远离父母时，还能吃饱喝足；遭遇生活打击、心情郁闷时，还能让你在享受了自己亲手烹制的美味后，继续昂首挺胸，披甲上阵。蔡澜先生说：千万别将生活弄得单调，但最好的办法就是当人家数绵羊入眠时，我们能够算着吃过的每一道佳肴。

愿你做过的每道佳肴都成为美好的回忆。

图书在版编目（CIP）数据

精准提升 / 庆哥著 . — 南京 : 江苏凤凰文艺出版社，2019.6
ISBN 978-7-5594-3403-6

Ⅰ . ①精… Ⅱ . ①庆… Ⅲ . ①散文集 – 中国 – 当代
Ⅳ . ① I267

中国版本图书馆 CIP 数据核字 (2019) 第 040734 号

精准提升

庆哥　著

责任编辑　白　涵　刘洲原
策划编辑　朱静静
装帧设计　末末美书
责任印制　刘　巍
出版发行　江苏凤凰文艺出版社
　　　　　南京市中央路 165 号，邮编：210009
网　　址　http://www.jswenyi.com
印　　刷　北京富达印务有限公司
开　　本　880mm × 1230mm 1/32
印　　张　8.75
字　　数　200 千字
版　　次　2019 年 6 月第 1 版　2019 年 6 月第 1 次印刷
书　　号　ISBN 978 - 7 - 5594 - 3403 - 6
定　　价　39.80 元